KB177692

나는 죽음 앞에
매번 우는 의사입니다.

일러두기
- 저자가 지금까지 근무해 온 여러 병원에서 실제로 일었던 일을 썼습니다.
- 환자와 환자 가족의 이름은 모두 가명이며, 환자가 특정될 수 있는 부분은 각색했습니다.
- 외래어 표기법을 우선하되 일부는 관용적 표기를 따랐습니다. (예시: 펠로→ 펠로우)

※ 이 책의 저자 인세 전액은 초록우산 어린이재단에 기부됩니다.

작고 여린
생의 반짝임이
내게 가르쳐준 것들

나는 죽음 앞에

매번 우는 의사입니다.

스텔라 황 지음

📖 동양북스

나의 환자다.
아니,

나의 아기다

"엄마가 병원에서 무슨 일을 하지?"

브라이언의 연한 갈색 눈을 가만히 들여다보며 물었다.

"아기를 구해요."

전혀 주저하지 않고 답한다. 마치 내가 '브라이언, 몇 살이지' 하면 '세 살이요' 하는 것처럼. 거짓이 없는 사실을 말한다는 듯이. 아니, 오직 그것만이 브라이언이 아는 진실이라는 듯이.

"엄마가 어떻게 아기를 구하지?"

빙긋이 웃으며 물었다. 이번에는 사랑스러운 두 눈으로

저 멀리 뭔가를 한참 바라본다. 그러다 좋아하는 장난감을 찾은 듯 반짝이는 눈빛으로 말한다.

"마스크를 껴요."

작은 두 손은 이미 귀를 감싸고 있다.

"그다음에는?"

"안경을 껴요."

손으로 동그랗게 안경을 만들며 아이는 이미 신이 났다.

"그리고?"

"아기를 안아요."

곁에 있던 공룡 인형을 꽉 안으며 외친다.

"그 뒤엔?"

"계속 안아요!"

대답하면서 점점 신이 나는지 인형을 안은 채 작은 몸을 들썩인다.

세 살배기 브라이언도 정확히 알고 있었다. 엄마가 왜 일하러 나가야 하는지. 엄마가 병원에서 무슨 일을 하는지. 왜 엄마를 이틀씩이나 못 보는 날이 있는지. 왜 밖이 깜깜해져도 엄마는 돌아오지 않는지.

무엇보다 중요한 건, 내가 어떻게 아기의 생명을 구하는지 잘 알고 있다는 점이었다. 아기를 몸으로, 마음으로도 안아서 구한다는 것을.

보통 의사들은 '환자'라는 말을 입에 달고 산다. 신생아중환자실(Neonatal Intensive Care Unit을 줄여 니큐NICU라고도 부른다)에서는 자주 들을 수 없는 말이다. 대부분 '아기'라고 부르기 때문이다.

"며칠 전 내원한 환자는 어젯밤에…"

같은 병원의 일상적인 대화가 신생아중환자실에서는 들리지 않는다.

"000호실에 있는 네 아기 말이야…"

"어제 인공호흡기 단 내 아기가…"

라는 말로 일과가 시작되곤 한다.

"네 아기 어때?"

하고 물으면

"집에 있는 내 아기 아니면 여기 있는 내 아기?"

라고 되물을 때도 있다. 둘 다 모두 '내 아기'니까. 물론 내가 낳은 아기는 아니지만 손길이 닿는 순간, '나의 아기'가

된다.

그래서 신생아중환자실 의료진은 모두 이렇게 말한다. "내 아기."

아기는 엄마와 아빠의 사연으로 빚은 별이다. 이 별들이 모인 작은 신생아중환자실은 수억 개의 미래를 담은 우주와 다름없다. 반짝이고 있지만 이미 죽어버린 별도 있고 가까이 있어 밝은 별도 있다. 아기를 중심으로 돌다 지친 달이 사라질 때도 있다. 반짝인다고 생각했는데 이미 가버린 별을 세다 잠드는 밤도 가끔 있다. 별이 사라지면서 내 안의 한 부분을 함께 가져가기도 한다. 가까이 있던 별이 져서 어둠이 짙어지면 가족도 나도 블랙홀에 빨려 들어가 그 안에 갇힐 때도 있다.

육체적으로, 정신적으로도 가혹한 하루를 보내고 나면, 약간의 후회도 몰려온다. 이 일을 하면서 감당해야 하는 무게가 버겁다. 고백건대, 아주 가끔 그만두고 싶어진다. 내가 감당할 수 있는 고통과 슬픔의 적정선을 이미 훨씬 넘어섰기 때문이다. 그럼에도 다시 신생아중환자실로 돌아가는 이유는 '아기' 그리고 '가족'이다.

인간이기에 실수도 한다. 부족함을 알기에 매 순간 의사로서 최선을 다한다. 내가 지닌 능력과 사랑을 모두 모아 아기를 돌본다. 환자의 몸만 치료하는 의사가 아닌, 환자와 가족의 마음까지 보듬는 의사가 되려 한다. 의술은 평범할지 몰라도 아기와 가족을 위하는 성심만은 모자라지 않다고 자부할 수 있다. 아기 앞에 미래가 있을 수 있도록, 그 미래가 조금 더 밝을 수 있도록 오늘도 신생아중환자실에서의 하루를 힘차게 시작한다.

차례

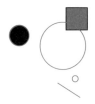

2장 신생아중환자실을 지키는 의사입니다

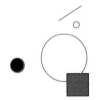

1장

두 아이의
엄마인

의사입니다

사랑해요.
난 하지 못한 말,

하지만
매일 듣는 말

고2 생활이 막 시작된 3월의 어느 날이었다. 어머니는 우리 사 남매를 모아놓고 말씀하셨다. 아버지가 암으로 많이 편찮으시다고. 민간요법까지 시도해 봤지만 암이 너무 퍼져버려 모두 소용없었다. 결국 한여름도 되기 전 아버지는 성모병원 호스피스 병동에 들어가셨다. 수업이 끝나면 학교 앞에서 마을버스를 타고 병원으로 향했다. 아버지가 반드시나을 거란 믿음으로 울음을 꾹 누르며.

　늦은 밤 급히 연락을 받고 도착한 임종실에는 가족, 친척, 그리고 지인들로 가득했다. 성가를 부르며 아버지의 마지막을 아름다운 소리로 채우고 있었다. 모두 같은 마음으로 와준 걸 알기에 나가달라고 말도 못 꺼냈다.

'아빠, 사랑해요. 아빠, 사랑해요.'

가슴 안에서 외쳐대는 말이 어쩐 일인지 입 밖으로는 나오지 않았다. 우리 가족만 있었다면 마지막 장면이 조금은 다르지 않았을까….

캄캄한 새벽에 출근해 밤늦게 돌아온 아버지는 조용히 우리 방에 들어와 창문을 살짝 열어두었다고 했다. 혹시나 자는 동안 공기가 탁해질까 싶어서. 겨울이면 퇴근길에 붕어빵을 한가득 사 오셨다. 붕어빵 파는 분도 얼른 일을 끝내고 가족 품으로 돌아갈 수 있도록. 자상한 아버지 밑에서 사랑을 듬뿍 받으며 컸는데, 아무리 기억을 더듬어봐도 사랑한다는 말은 서로 하지 않았다. 감정 표현에 서툰 한국의 여느 가정과 다름없었을지도 모른다. 그렇게 꼭 하고 싶었던, 아니 해야만 했던 말을 꺼내지 못하고 아버지를 보냈다. 한동안 후회로 울며 밤을 지새웠다.

"사랑해, 아들!"

곁에서 브런치를 먹던 친구가 뜬금없이 외쳤다. 레지던

트 동기 가족들과 모인 자리였다. 친구가 두 살배기 아들에게 툭 던진 말을 듣고 솔직히 놀랐다. 미국에서 산 지 10년 가까이 됐을 때라 직접적인 감정 표현에 어느 정도 익숙해졌다고 생각했다. 전혀 아니었다. 문화 충격에 한동안 말을 잊었다. 맛있게 먹던 브런치에도 더는 손이 가지 않았다. 많은 사람들 앞에서 저렇게 쉽게 사랑을 표현할 수 있다니. 사랑해, 그 한마디를 가장 중요한 순간 꺼내지 못했던 내가 부끄러워졌다.

무뚝뚝한 한국의 장녀였던 내가 어느새 하루 종일 사랑을 고백하고 있다. 연애하고 결혼한 뒤, 아이들을 낳은 뒤에는 사랑한다는 말이 입에 붙었다. 가만히 있어도 사랑스러운 남편과 아이들에게 내 솟구치는 감정을 표현할 다른 말은 존재하지 않아 그냥 외친다. 사랑해! 사랑한다! 사랑해요! 매일 하루에도 수십 번씩 외친다.

오랜만에 만난 멘토와 근황을 나누다 말했다.

"글쎄, 우리 애가 저한테 이제 사랑한다고 말할 수 있는 거 있죠?"

너무 뜬금없었는지 그가 물었다.

"사소한 일인데도 엄청 좋은가 봐?"

내겐 절대 '사소한 일'이 아니다. 정말 하고 싶었지만 차마 하지 못한 말, 후회로 남아 나를 오래도록 괴롭힌 말이 '사랑해요' 한마디였으니까.

집안일을 하고 있는 나에게, 책을 읽고 있는 나에게, 노트북을 마구 두드리고 있는 나에게 아이들이 종종 큰 소리로 부른다.

"엄마!!!"

"어, 왜? 엄마 지금 바빠."

'아! 하루에 몇 번이나 부르는 거야? 도대체 이번에는 또 뭐가 필요할까.'

건성으로 답하는 나에게 아이들이 말한다.

"사랑해요!"

"어… 그래!! 나도 사랑한다!!"

크나큰 기쁨과 약간의 죄책감에 젖어 답한다. 이 부족한 엄마에게 '세상 최고의 엄마'라는 배지와 상장까지 만들어주는 아이들. 집 안 곳곳에 사랑을 고백하는 포스트잇과 편지를 놓아두는 아이들. 과연 내가 이 아이들에게 좋은 엄마일지, 충분한 자격이 있는 엄마일지 생각하게 된다. 나에게 늘 사랑한다고 말해주는 아이들과 남편 덕분에 배운 것이 하나 있다. 말하지 않는 순간에도 나는 사랑받고 있다는 사실.

아버지도 아셨을 거다. 딸이 당신을 사랑했으며 앞으로도 평생 사랑할 것을. 당신께서는 훗날 의사가 될 딸의 미래까지 아셨던 걸까. 평생 내어주는 삶을 살았던 아버지는 의대에 시신을 기증하는 것으로 삶을 마무리했다.

유학 간
문과생,

미국 의사가
되다

심리학 개론 첫 수업, 교수님은 포르말린에 담긴 인간의 뇌를 가져오셨다. 그때 받은 충격이란…. 심리학 개론만 들었는데도 알아챘다. 내가 생각했던 심리학과 현실은 다르다는 것을. 고민 끝에 정신과 의사로 진로를 바꿨다.

　미국은 대학에서 의학을 배우지 않는다. 학부와 의학대학원 과정을 6~7년에 마치는 프로그램도 드물게 있지만, 대학 졸업 후 의학대학원(쉽게 풀기 위해 이후부터는 의대로 칭한다)에 진학하는 게 일반적이다. 진로에 맞춰 전공도 바꾸었다. 의대 입학 시험 준비에 도움이 되는 생화학으로.

사실 고등학생 때부터 마음속 깊은 곳에는 의사가 되고 싶다는 꿈이 있었다. 아버지의 투병 기간 매일 찾았던 병동의 냄새와 공기에 익숙해졌다. 암을 일찍 발견해 아버지가 치료를 받았다면, 자주 검진을 받았다면 하는 후회도 더해졌다. 만약 암이 조금 더 늦게 우리 가족에게 왔고, 그때 내가 의사였다면 막을 수 있는 죽음이었을지도 모른다. 그래서 나도 막냇동생도 의사가 된 게 아닐까 싶다.

그러나 수포자인 데다 천성이 문과인 나에게 의대는 이루지 못할 꿈이었다. 그런데 유학을 왔더니 미국 대학에서는 한국 고등학교 문과 수준의 수학을 가르치고 있었다. 어쩌다 보니 나는 순식간에 수학 영재가 되었다. 게다가 미국에서는 학부 때 어느 분야를 전공하든, 필수 과목을 듣고 입학 시험을 치르면 의대에 지원할 수 있다. 주변에도 학부 때 생물학이나 화학이 아닌 심리학, 영문학을 전공한 의대 동기와 동료 의사들이 꽤 많다. 2024년 기준 의대 입학률이 가장 높은 전공은 놀랍게도 인문 계열이다. 내가 의대에 지원할 무렵 의대 입학 시험 평균 점수가 가장 높은 전공도 인문 계열이었다. (최근에는 수학 및 통계, 자연과학 계열, 인문 계열이 1, 2, 3위를 다투고 있다.)

전공도 바꾸고 차근차근 의대 준비를 하던 중, 생각지 못한 복병을 만났다. 바로 영주권이나 시민권이 없다는 것. 주립대는 주 거주자를 우선으로 뽑는다. 졸업 후에 그 주에 남아 환자를 돌볼 가능성이 높기 때문이다. 유학생은 '거주자'에 포함되지 않는다. 사립대에 지원할 수도 있지만, 대부분 의대가 외국 국적의 유학생을 뽑지 않았다. 이런 이유로 의대를 포기하는 유학생이 많았다. 나에게는 이것 또한 한낱 장애물에 지나지 않았다. 평소에도 자잘한 것 큰 것 가리지 않고 원하는 게 워낙 명확하기도 하고, 목표를 정하면 한눈팔지 않고 정진하는 스타일이다. 포기는 생각조차 하지 않는다.

의대에 가고 싶다고 하면 바로 '유학생은 의대에 못 간다'는 정설(?)을 친절하게 설명해 주는 친구와 진로 상담자들에게 매번 그랬다. 나도 잘 알고 있지만 매년 지원할 거라고. 매년 지원하는데 언젠가는 되지 않겠냐고. 지금도 이상주의자라는 소리를 자주 듣지만 어릴 때는 더했다. 돌아보니 어리고 철이 없어 꿈을 이룰 수 있었던 것 같다. 물론 최선을 다했지만 운도 정말 좋았다. 요즘 소아과 레지던트(미국의 소아과 레지던트 1년 차는 인턴으로 불린다) 지원자들의 이력서를 읽으며 깜짝깜짝 놀란다. 이제 곧 의대를 졸업할 학생들이 이미 이뤄놓은 게 너무나 많기 때문이다. 나보다 더 다양한 활동을 하며 논문을 발표한 의대생도 많은 데다 특이하고 화려한 이력도 끝이 없다. 내가 지금 의대에 지원한다면 합격할 수 있을지 자신이 없다.

한국에서 나고 자라, 책을 좋아하던 천생 문과생이 어떻게 미국에서 의사가 되었는지 나조차 신기하다. 의대 동기인 남편과 사랑에 빠지지 않았다면 유학이 이민으로 이어지지 않았을지 모른다. 우연의 연속인 인생이지만, 나를 이곳으로 이끈 게 분명 우연만은 아닐 것이다.

소아과 그리고
신생아분과를

선택한
이유

직종이나 전공을 대표하는 성격이라는 것이 존재한다. 예 컨대 친절하고 긍정적인 사람들은 소아과, 직설적이고 강한 성격의 소유자는 외과에 많다. (물론 전공을 절대 예측할 수 없는 의사도 많다.) 의대에 진학해 정신과 의사가 되고 싶다 는 나에게 학부 동기 앨릭스가 고개를 저으며 말했다.

"정신과? 우리 아빠가 정신과 의사라 어렸을 때부터 정 신과 의사를 엄청나게 많이 봤거든. 정신과 의사들은 하나 같이 특유의 '이상함'이 있어. 그 '이상함'으로 환자들과 이어 지고 소통하는 것 같아. 그런데 넌 그게 하나도 없어."

무척이나 확신에 차 내뱉는 말에, 나는 적잖이 당황했다. 그렇게 정신과 의사의 꿈과 멀어졌다. 한때는 학부 시절 매주 봉사하러 간 응급실에 매료되어 응급의학과를 꿈꿨다. 갈팡질팡하는 사이 의대 3학년(미국의 경우, 의대 1~2학년 때는 학교에서 이론을 배우고 3~4학년 때는 병원에서 실습을 한다)이 되어 병원 실습을 시작했다. 새로운 과를 갈 때마다 그 과에 사로잡혔다. 피부과, 응급의학과를 잠시 고려하다 한동안 내과에도 마음을 빼앗겼다. 그러다 소아과 실습에 들어갔다.

소아과는…

아름다웠다. 작고 귀여운 아기와 사랑스러운 아이들. 이들을 자신의 아이처럼 사랑으로 치료하는 소아과 의사들. 내과에서 어른들만 상대하다 와서인지 소아과는 온통 무지갯빛이었다. 의사, 간호사뿐 아니라 모든 의료진이 너무나 친절했다. 자신의 일을 사랑하는 사람들이 내뿜는 긍정적인 분위기로 가득 차 있었다. 공간 역시 특별했다. 새하얀 벽 대신 파스텔 톤 배경에 내가 좋아하는 캐릭터들이 그려져 있어 차가움이나 삭막함이 느껴지지 않았다. 게다가 꼭 맞는 진단과 치료로 아이들의 생명을 구하고, 더 나은 미래를 맞이할 수 있게 힘을 보탤 수 있다니, 이보다 더 큰 보람이 있을까.

아이들은 생각보다 강해서 위기를 넘기고 아무 일 없었던 것처럼 건강하게 퇴원하기도 했다. 어설픈 의대생의 눈에도 아이들의 회복력은 대단했다. 내과에는 자신의 선택 또는 치료 거부로 질병을 얻거나 낫지 않는 사람이 너무 많았다. 지병이 있는데도 약을 먹지 않고 필요한 진료도 보지 않는 사람이 부지기수였다. 약물중독으로 병세가 악화된 환자를 설득하기 위해 주말에 따로 시간을 내 찾아가기도 했지만 실패했다. 의료진이 아무리 정성을 쏟아도 환자가 협조하지 않으면 낫기 어렵다. 예일대학교 의과대학 교수 버니 시걸Bernie Siegel이 저서 『사랑+의술=기적』에서 밝혔듯, 고칠 수 없는 병은 없지만 치유할 수 없는 사람만 있는 곳이 내과인지도 모른다. 내게 내과 실습은 뿌듯함보다 좌절감을 많이 남겼다.

소아과에서는 환자의 잘못으로 아프게 되거나 낫지 않는 일은 거의 없다. 어쩔 수 없이 그렇게 태어나서, 혹은 부모의 잘못으로, 또는 사회의 부족함으로 아픈 아기와 아이들이 대다수다. 그래서 끌렸다. 질병과 싸우는 아이들, 그저 무력한 아기들을 곁에서 지켜주고 싶었다. 힘이 되어주고 싶었다. 내 몸이 고되더라도 이들이 더 오래 편안히 살 수 있다면 충분히 가치 있지 않은가.

소아과 수련(레지던트 3년)을 마치고 신생아중환자실(펠로우 3년)로 향했다. 예정보다 일찍 태어나서, 선천적으로 결함이 있어서, 단지 불운이 따라서 아픈 아기를 구하고 싶었으니까. 할 수만 있다면, 힘든 여정 중에 아기의 가족이 그 길에서 잠시나마 행복을 찾을 수 있도록 돕고 싶었다. 놓치는 생명으로 슬픔에 빠지는 날도 적지 않다. 하지만 심히 아픈 아기를 편안하게 보내주고 가족들을 안아주는 건 부름을 받아야만 할 수 있는 일이다. 그래서 나는 오늘도 신생아중환자실을 지키고 있다.

상상할 수 없는
크나큰

고통이
다가올 때

출산을 앞두고 극심한 고통에 딱 죽고 싶다는 생각이 스쳤다. 내겐 무통 주사가 필요했다. 마취과 의사의 생각은 달랐다. 혈소판 수치가 낮으면 피가 잘 멈추지 않을 수 있는데, 살짝 낮은 내 혈소판 수치를 보고 마취과 의사는 등에 바늘을 꽂는 무통 주사를 거부했다. 출혈을 염려했기 때문이다. 마취과 의사와 계속 이야기를 나눴지만, 그의 입장은 변하지 않았다.

나와 남편은 눈빛으로만 그를 조금 미워했다. 그는 미안했는지 아니면 내가 얼마나 화가 났는지 확인하려고 했는지, 병실을 나가기 전 주저주저 손을 씻으며 시간을 끌었다. 불편해 보이는 모습에 그를 향한 미움이 무색해졌다. 큰 고통이 다시 오지 않기를 바라며 유도 분만제가 떨어지는 수액만 바라보고 있었다. 그런데 진통이 예상한 것보다 훨씬 더 강력하고 빠르게 찾아왔다. 한참 비명을 지르다, 참다 못해 남편의 손을 꼭 잡고 말했다.

"이제 더 이상 못 견디겠어. 아니, 살아 있는 어느 누구도 이런 고통을 느껴서는 안 돼. 전신마취를 해서 제왕절개 수술을 하든, 혈소판 수혈을 하든, 지금 당장 아기를 낳아야 겠어. 무슨 수를 써서라도 이 고통을 끝내야 해. 난 지금 깨어 있으면 안 돼."

처음 듣는 나의 처절한 외침에 남편이 덜덜 떨고 있었다. 십 년 넘게 함께 보낸 시간 동안 잔가지같이 뻗친 우리의 마음이 서로의 뇌까지 이어준 것 같았다. 남편은 겨우 자리에서 일어나 간호 스테이션으로 걸어갔다.

"지금 당장 분만시켜 주세요. 저 비명 들리시죠? 당직 산부인과 의사와 마취과 의사 좀 당장 불러줘요."

마취과 의사가 돌아온 병실에서 나의 비명은 여전히 멈

추지 않고 있었다. 이어서 산부인과 의사와 간호사가 연달아 들어왔다. 비명을 지르다 보니 배에 힘이 들어갔다. 그렇게 양수가 팍 터졌다. 양수가 터지자 산부인과 의료진은 당황했다. 아직 분만하려면 멀었다고 생각했기 때문이다. 신속한 내진 뒤 산부인과 의사는 내게 재빨리 말했다.

"곧 아기가 나올 것 같아요. 이제 힘을 주세요."

그 소리에 순간 정신이 번뜩 들었다.

'이 고통이 끝날 거라고?'

그 사실을 인지하자마자 참을 수 없던 고통이 어느새 견딜 만한 것으로 바뀌었다. 최선을 다해 힘을 주기 시작했다. 고통은 더 심해졌다. 그래도 견딜 만했다. 끝이 보였기 때문이다. 『고통은 나눌 수 있는가』를 쓴 엄기호 사회학자는 "끝이 없다는 것. 끝나지 않을 것이라고 느끼는 것. 그것이 고통의 끝자락에 단단히 붙어 있는 가장 큰 절망이라는 고통"이라고 부르짖었다. 내가 느낀 감정이 바로 그것이었다. 영원할 것만 같은 현재의 고통 그리고 어이없게 따라오는 미래에 대한 절망감.

그런데 방금 전까지 참을 수 없었던 그 고통이, 끝이 있다는 걸 알게 되는 순간 희한하게도 참을 만해졌다. 최대한으로 힘을 몇 번 주자, 손꼽아 기다리던 아기가 나왔다. 가슴 위로 살포시 아기가 올려졌고, 내 몫은 끝이 났다. 고통도 사그라들었다. 그러자 미안함이 밀려왔다. 그때서야 내 비명을 견뎌낸 산부인과 의료진의 얼굴이 보였기 때문이다.

"계속 소리 질러서 정말 미안해요. 아파서 참을 수가 없었어요."

조절 없이 힘을 줘서 급하게 나온 아기의 머리는 내 살을 다 찢고 나왔다. 이미 고통이란 고통은 다 겪은 나의 몸은 몇십 바늘 꿰매는 것쯤은 아무렇지도 않게 받아들였다. 바늘 한 땀 한 땀이 세세히 느껴졌다. 그 고통마저 웃으면서 받아냈다.

patience(인내심)는 1200년 초반에 쓰인 프랑스 고어 pacience에서 나왔다고 한다. '괴로움을 참는 의지'를 뜻하며 현재에도 같은 뜻으로 쓰인다. 14세기 중반부터 patient(환자)는 아픈 사람 또는 불평하지 않고 고통받는 자로도 쓰이기 시작했다. 매일 병원에서 주체적인 의사로 일하며 시술을 하다 갑자기 시술을 받는 대상이 됐다. 물체가 된 것 같은 기분이 들었다. 그런데 주체subject에서 대상object

이 된 것 같은 기분, 사람이 아닌 사물이 된 것 같은 기분에 대해 더 생각할 겨를도 없었다. 말로는 표현할 수 없는 끔찍한 통각을 몸소 느꼈기 때문이다.

상상조차 하기 싫은, 다시 있어서는 안 되는 고통을 겪은 후에야, 이런 고통은 어느 누구도 겪어서는 안 된다는 걸 깨달았다. 심리학과 수업, 신경학과 수업에서 배웠던 고통의 이론이 머리가 아닌 가슴으로 다가왔다. 끝이 있는 고통은 그 앎과 동시에 만 배쯤 나아질 수 있음을 온몸으로 느꼈다. 그런데 아기에게 미래를 위한 현재의 고통이 가당키나 할까. 자신이 처한 상황을 이해할 수 없고, 언어로 의사를 표현할 수 없는 아기에게 끝이 없을 것 같은 고통은 얼마나 암담할까. 잠시나마 그 고통의 구렁텅이에 빠져본 뒤 알게 되었다. 끝이 없는 고통에 갇힌 기분을. 세상에는 존재하지 않아야 할 고통도 있다는 것을.

그런 고통을 주는 사람이 바로 나라면? 내가 직접 또는 감독하는 수많은 시술과 몇몇 치료 자체가 아기에게는 고통으로 다가갈 거다. 최대한 빠르게 시술을 마쳐, 아기가 겪을 고통을 최소화하고 편히 쉬게 돕는다. 의미 없는 고통은 없애려고 노력한다. 내가 하는 시술과 치료가 종내 죽음으로 끝나거나 아기에게 고통만 남길 것 같다면, 부모를 설득해 중단하려고 애쓴다. 끝없는 고통과 결과 없는 고통은 어떤 생명체에게도 있어서는 안 되기에. 특히나 자신의 고통을 정확히 표현할 수도 그 고통의 이유와 끝을 알 수 없는 아기에게는. 사랑만을 느끼고 받아야 하는 작은 생명체에게는 더욱이.

30시간 동안
안 먹고

안 자기의 대가,
의사

자고로 의사란 기나긴 학업과 끝없는 시험, 무엇보다 살인적인 스케줄을 거친 사람이다. 과에 따라 차이가 있지만 레지던트, 펠로우 과정은 신체와 정신 모두를 시험한다. (실제로 나도 일주일에 120시간까지 일해본 적이 있다.) 미국 레지던트를 대상으로 이뤄진 설문 조사를 분석한 논문[1]에 따르면, 레지던트의 20퍼센트는 하루 평균 5시간도 못 잔다고 한다. 절반을 훨씬 웃도는 66퍼센트는 6시간도 못 잔다고 답했다. 레지던트 과정 1년 차의 하루 평균 수면 시간은 5.7시간으로 집계됐다. 한국의 레지던트와 비교하면 양호한 스케줄이다. 그러나 미국에서는 일주일에 40시간 일하는 게 보통이고 평균 수면 시간은 6.8시간이라는 점에서 이건 말도 안되는 숫자다.

당직 날 최악의 시나리오는 이렇다. 아침에 힘차게 출근했는데 엄청나게 아픈 아기가 중환자실에서 나를 맞는 것. 그리고 상황이 점차 악화되어 다음 날 아침까지 계속되는 것. 드문 일이다. 하나 이런 날엔 30시간 동안 잠을 잘 수도, 밥을 먹을 수도 없다. 물 마실 시간도 없을뿐더러 마시지도 않는다. 화장실 갈 시간이 없을 수도 있기 때문이다. 물론 커피는 계속 마신다. 커피를 들이부어도 따로 마신 물이 없어 화장실에 자주 가지 않아도 되는 기적도 생긴다.

또 다른 최악의 시나리오는 입원 환자가 계속 들어오는 것이다. 그렇게 되면 눈코 뜰 새 없이 바빠 밤을 꼬박 새우는 건 기본이다. 마지막으로 밥을 먹은 때가 그 전전날이 되는 무시무시한 일이 생긴다. 당직실 문이나 열어보면 소원이 없을 만큼 중환자실에서만 이리저리 바쁘게 돌아다니게 된다. 다행히 나의 건강한 간은 당을 계속 만들어주니 쓰러질 일은 없다. 첫째 임신 중에는 컨디션이 좋지 않아 아주 잠깐

의식을 잃은 적이 있다. 둘째 임신 중에는 당이 실시간으로 떨어져 곧 기절할 것 같은 느낌이 들자 안 그래도 바쁜 레지던트에게 처음이자 마지막으로 음료 심부름을 시켰다. 이제 임신하지 않는 몸이 되어 그런 불상사는 더 이상 일어나지 않으니 참 다행이랄까.

변변하게 먹은 것 없이 30시간을 꼬박 깨어 있으면 제대로 일을 할 수 없을 것 같지만, 눈앞에서 아른대는 사신으로부터 소중한 생명을 지켜내느라, 주변 의료진의 끝없는 요청을 받아내느라 완벽한 인지 활동이 가능하다. 가끔은 말도 안 되는 상황을 단번에 처리하기도 한다. 인간의 능력은 한계에 다다랐을 때 최대로 발휘된다더니 역시 불가능한 일은 없나 보다.

교수 직함을 달고 나서는 좀 나아졌을까? 그렇기도 또 그렇지 않기도 하다. 간단한 오더나 차트 정리는 레지던트와 펠로우가 해주기 때문에 최소한 침대에 눕는 횟수는 좀 늘었다. 그렇지만 책임감이라는 건 자는 사람도 번쩍 일으키는 재주가 있어 눈 뜨고 밤을 지새우는 날도 많아졌다. 혹시나 아기 상태가 나빠질까 하는 걱정, 다른 방법으로 치료를 했었어야 했나 하는 후회와 자기반성 때문에 잠을 자도 자는 것 같지가 않다. 어쩌다 겨우 잠들어도 금방 깨버리기 일쑤다.

죽음이 지척에 있는 중환자실에서 일하면서 알게 된 게 있다. 생과 사는 앞뒤 가리고 오지 않는다는 것. 나에게 주어진 시간 그리고 사랑하는 사람들과의 시간이 얼마나 남아 있는지 아무도 알 수 없다는 것. 그러니 지금 이 순간을 살려고 매일 노력한다. 하지만 인간은 망각의 동물. 그것도 잠깐이다. 후회와 걱정으로 가득한 낮과 밤을 보낸다. 아무래도 가슴이 머리보다 앞서는 밤에는 더욱 심해진다.

나도 언젠가는 마음 편히 잘 수 있을까. 가끔은 용감무쌍했던 레지던트, 펠로우 때가 그립다. 어떤 결과도 종국엔 교수의 책임으로 끝나기에. 그 엄청난 책임을 이제는 내가 지고 있다. 삶을 죽음의 나락으로 떨어뜨릴 수 있는 실수를 마지막으로 잡아채야 하는 위치에 서 있다. 함의 선장이라면 침몰할 때 배와 함께할 수 있는 영광이라도 주어질 텐데, 의사인 나는 환자가 죽어도 살아 있어야 한다. 살아도 살아 있는 것 같지 않은 날도 있지만.

+++

한국에서는 훨씬 더 길고 힘든 수련을 하는 것으로 알고 있습니다. 저는 미국에서 지낸 날이 조금 더 많은 사람이기에 겨우 30시간 가지고 부끄럽게 불평을 해봅니다. 한국에서 힘든 수련 중인 의사분들, 그리고 겪어낸 의사분들 모두 존경합니다.

블랙 클라우드

보존의
법칙

질량 보존의 법칙은 삶에도 통하는 걸까. 그와 비슷하게 불행의 양도 정해져 있나 보다. 레지던트 그리고 펠로우 때 나는 블랙 클라우드black cloud로 유명했다. 환자가 몰리는 사람을 뜻하는데, 끝없는 응급 상황으로 본인도 힘들고 동료들도 바빠진다. 한국에서는 환타(환자를 타는 사람)라고 불린다. 밤에 당직을 서면 끊임없이 입원 환자가 들이닥쳤다. 병원에서 제일 오래 일한 간호사와 호흡치료사도 병원 역사상 가장 바쁜 날을 나와 함께했다고 고백했다.

한번은 어찌나 바쁜지 환자가 누군지도 왜 입원했는지

도 모른 채 각 환자에게 필요한 시술을 계속해야만 했다. 한참 시술을 하고 있으면 교수님이 들어와 다른 아기가 입원했다고, 저 병실에서 또 다른 시술을 하라고 알려주고는 사라졌다. 밤새 아기의 몸에 각종 시술이란 시술은 다 마쳤다. 다음 날 아침, 동료 펠로우에게 인계를 해야 하는데 아기 이름도 잘 기억나지 않았다. 그런 밤이 끝없는 은하수처럼 이어져 당직실에 들어가거나 침대에 누운 횟수는 손에 꼽을 수 있을 정도다. 참 슬프고도 가련한 운명의 소유자랄까.

곰곰이 생각해 보니 머리 위를 맴도는 시커먼 구름 떼들은 대학교 때부터 나를 따라다녔다. 응급실에서 봉사 활동도 하고 어깨너머로 의사가 하는 일을 지켜보던 어느 날 아침, 갑자기 응급실 문이 벌컥 열렸다. 최소 150킬로그램은 될 것 같은 여자가 거의 질주하듯 들어왔다. 알 수 없는 소리를 지르더니 이내 침대에 몸을 던졌다. 거의 동시에 의사와 간호사가 달려들었다.

"무슨 일이에요? 어디가 많이 아파요?"

그녀는 순식간에 답했다.

"아기가 나오고 있어요!"

놀란 것도 잠시. 커다란 쌀자루 같은 베이지색 바지를 내리고 보니, 아기 머리가 엄마 다리 사이에 끼어 있었다. 우리는 황급히 아기를 받아내고 산부인과 의사를 호출했다. 다행히 아기는 건강했고, 들어올 때 그랬듯 순식간에 엄마는 아기와 함께 응급실에서 사라졌다.

얼마나 지났을까. 긴 사이렌 소리를 끝으로 응급실 문이 또 활짝 열렸다. 이번에는 깡마른 여자가 구급차에 실려 왔다. 응급 대원들이 빠르게 여자를 침대로 옮겼다. 문진을 시작하는 의사 뒤에서 숨죽이며 상황을 지켜봤다.

"어떻게 오셨어요?"

"배가 너무 아파요. 아무래도 아기가 나오려나 봐요."

술과 약에 취한 여자의 말은 알아듣기 어려웠지만 '아기가 나온다'는 말만은 정확히 들렸다. 그래도 내 귀를 의심했다. 응급실에서 아기가 태어난 지 반나절도 채 지나지 않았기 때문이다. 산부인과 의사는 호출을 받자마자 다시 부리나케 뛰어왔다. 다만 아기가 그 산부인과 의사보다 조금 더 빨랐다.

한시름 놓은 응급의학과 의사는 나를 보며 물었다.

"이런 일이 이 응급실에서 언제 있었는지 알아?"

"저야 모르죠. 자주 있는 일인가요?"

"이 병원 열고 나서 최초야. 이 병원 150년 된 건 알지?"

"아… 네…."

나는 얼이 빠진 채로 아기의 울음소리를 들으며 멍하니 서 있었다. 그때 눈치챘어야 했다. 내가 블랙 클라우드라는 것을. 진작 알았다면 인류의 화창한 미래를 위해 의대에 가지 않았을 텐데.

첫째를 낳고는 4주 뒤에 바로 복귀했다. 레지던트 과정을 제때 마치기 위해 내린 결정이었다. 둘째 때는 꿈만 같던 육아휴직을 마치고 석 달 만에 돌아왔다. 그렇게 오래 쉬어본 적은 없었다. 교수가 된 후라 그나마 부담이 덜했다. 꼬박 석 달 동안 논문 한번 읽지 않았다. 출근을 앞두고 겁이 났다. 한동안 아기만 안은 내 손이 무리 없이 시술을 할 수 있을지, 둔해진 두뇌가 다시 팽팽 돌아가 줄지 알 수 없었다.

아마도 시커먼 구름 떼는 그동안 내리지 못한 비를 감추고 나의 복귀를 기다리고 있었나 보다. 당직 첫날부터 죽음의 그림자가 도무지 사라지질 않았다. 인계를 받을 때만 해도, 24주 초미숙아지만 상태가 좋아서 다음 날 아침 인공호흡기를 뗄 예정이라고 분명히 들었다. 그런데 그 아기가 새벽 3시쯤 급작스럽게 아프기 시작했다. 할 수 있는 모든 치료와 처치를 했지만 아기는 죽고 말았다. 이게 끝이 아니었다. 매일 밤마다 아기들이 갑자기 아프기 시작했다. 세 달 동안 내가 맞았어야 할 비가 응집되어 있다가 폭우로 쏟아졌다. 그때 알았다. 내 먹구름의 기운이 이렇게 강력한 것을.

또 한 번의 가혹한 당직을 마치고 집에 가는 길, 핸드폰이 울렸다. 나의 멘토이자 지금은 신생아중환자실 디렉터로 승진한 친구였다.

"네가 당직 선 다음 날 아침엔 당직실 침대보가 각 잡힌 채 그대로 있어. 마음이 너무 아프다."

웃을 수도 울 수도 없었다. 내가 떠난 당직실의 침대는 누가 봐도 손길 하나 닿지 않은 모습일 테니까. 연이은 응급상황 뒤, 피곤에 절어 있는 나를 보고 그는 누차 말했다.

"네가 감당할 수 있으니까 아픈 아기들이 네가 병원에 있을 때 오는 거야. 난 그런 적이 없어."

그렇다. 하늘은 알고 있다. 내가 견뎌낼 수 있는 괴로움과 어려움의 정량을. 그래서 내가 일하는 시각, 내가 도울 수 있는 아기들과 보듬을 수 있는 가족들을 나에게로 보낸다. 그렇지 않은 날도 있지만 대부분 아픈 아기를 좀 더 낫게 만들고 가족들도 안아서 온기를 나눈다. 참 다행이다. 블랙 클라우드보다 더 크고 강력한 햇살 같은 사랑을 나눌 수 있어서. 블랙 클라우드가 뿌리는 비 뒤엔 쨍한 햇살이 비쳐 무지개가 솟는다. 고된 밤 뒤엔 덜 아픈 아기와 조금은 덜 괴로운 가족이 내 곁에 있다.

육아
번아웃이

오다니

번아웃이 왔다. 심각했다. 일이 아니라 육아 번아웃이었기 때문이다. 일 때문이라면 잠시 쉬거나 다른 일을 찾으면 된다. 그만둘 수 없는 '엄마'라는 역할에 온 번아웃. 출구를 찾기 쉽지 않았다. 둘째가 태어나고 육아휴직 뒤 복귀했다. 아기가 주로 깨어 있는 낮에 함께 시간을 더 보내고 싶어, 밤에 일하는 스케줄로 바꾸었다.

그 힘든 스케줄을 일 년 이상 유지했다. 밤새 일하고 퇴근해 작은아이를 돌봤다. 아이가 낮잠을 자면 그때서야 나도 잤다. 동료들은 걱정과 응원을 전하며 어깨를 다독여 주었다. 누구보다도 가족을 사랑하는 나의 멘토도 어느 날 내게 말했다.

"네가 좋은 엄마라서 더 좋은 의사인 것 같아."

스스로 생각조차 해본 적 없는 말. 곰곰이 생각해 보니, 아이를 내 몸보다 사랑하는 엄마라 다른 엄마들에게도 쉽게 공감할 수 있었던 게 아닐까.

무리한 스케줄을 꾸역꾸역 소화하다 더는 몸이 버티지 못할 것 같아, 낮 근무 스케줄로 바꾸기로 했다. 그러려면 작은아이를 어린이집에 보내야 했다. 미국도 한국 못지않게 어린이집 보내는 게 쉽지 않다. 임신 사실을 알자마자 동네 어린이집 곳곳의 대기자 명단에 이름을 올려뒀었다. 일 년이 지나자 드디어 자리가 났다. 전화를 받고 부리나케 방문해 보증금을 내고 서류를 작성했다. 하늘이 도왔다고 생각했다. 아이가 어린이집에 가면 나도 낮 근무로 돌아갈 수 있다. 밤새 일하고 집에 오면 잠도 잘 수 있고.

그런데 그때 코로나19 팬데믹이 시작됐다. 봉쇄 명령이 떨어지고, 일은 더 고달파졌다. 혹시나 작은아이가 코로나에 걸릴까 봐 차마 어린이집에 보낼 수 없었다. 팬데믹이 시작되고 얼마 지나지 않아 조그마한 아이, 조금 큰 아이 할 것 없이 모두 병원으로 들이닥쳤다. 그중 몇몇은 안타깝게도 죽고 말았다. 회복 후 퇴원했지만 심근염myocarditis이 생겨 다시 병원에 입원한 아이도 있었다. 이 아이는 심장 기능이 크게 나빠져 모든 치료에도 불구하고 세상을 떠났다.

두려웠다. 내 아이들도 코로나에 걸리고 아프게 될까 봐, 아니 내 눈앞에서 사라질까 봐. 그래서 겨우 자리가 난 어린이집에 작은아이를 보내지 못했다. 어쩔 수 없이 밤과 주말 근무를 이어갔다. 주말에 거의 일하지 않는 남편이 아이들을 돌볼 수 있어 그나마 다행이었다. 가끔은 병원에서 잠깐이지만 눈을 붙일 수 있었다. 하지만 밤을 꼬박 새고 몸과 정신이 너덜너덜한 상태로 집에 와 아이들을 보는 게 일상이었다. 그렇게 일 년 반 넘게 퇴근 없는 삶이 계속되자 더는 아이들을 보는 것이 즐겁지 않았다. 피곤해서 누워 있으면 내게 와서 놀아달라고 이것저것 해달라고 하는 아이들이 버거웠다.

난생처음 느꼈다. 아이들과 있어도 즐겁지 않다는 느낌. 내 전부가 다 타버려 아무것도 남아 있지 않은 듯한 느낌. 활활 타다 심지만 남은 양초. 그게 내 모습이었다. 워낙 포기를 모르는 성격이라 육아를 포기하고 싶을 줄은 꿈에도 몰랐다. 웃는 얼굴로 놀아줄 자신이 없었다. 내가 없어졌으니까. '엄마' 하고 한 시간에도 몇십 번씩 부르는 작은아이가 예뻐 보이지 않았다. 그제야 알았다.

'아! 내가 육아 번아웃이 왔구나.'

번아웃은 고무줄이 너무 길게 늘어져 끊어지는 것으로 비유되기도 한다. 나 역시 육체의 한계점에 다다랐고 그렇게 정신도 툭 하고 고무줄처럼 끊어졌으리라. 캘리포니아대학교 심리학과 교수 크리스티나 매슬라크Christina Maslach는 번아웃에 시달리는 사람은 이상주의적인 경향이 있다고 주장했다. 내 꿈을 이루어주었고 나를 죽음과 힘듦 사이에서 지켜주는 이상주의자 경향이 번아웃을 끌고 올 줄이야.

벨기에 루뱅가톨릭대학교 심리학과 교수 모이라 미콜라이자크Moïra Mikolajczak가 수행한 육아 번아웃에 관한 연구[2]에서도 비슷한 결과를 확인할 수 있다. 의외로 부모가 되기를 손꼽아 기다리고 자신의 모든 것을 바쳐서 아이를 키우는 사람이, 그리고 주변에 도움을 잘 요청하지 않는 사람이 육아 번아웃에 걸리기 쉽다고 한다. 멜버른대학교에서는 코로나19 팬데믹 중 육아 번아웃에 대해 연구[3]했다. 모든 연구 대상자들은 이 기간에 더 높은 정신적 스트레스를 호소했고, 그중 학부모의 스트레스 수치가 유난히 두드러졌다. 나처럼 일하면서 주 양육자 역할까지 맡은 학부모의 스트레스는 주 양육자가 아닌 이에 비해 4배나 더 높았다.

미련하게도 나는 번아웃이 온 후에야 한계를 인정했다. 가족과 친구에게 도움을 요청하기 시작했다. 당직을 마치면 일단 눈을 붙이고 충전부터 했다. 다만 몇 시간이지만 잠을 자고 아이들을 돌보니 다시 아이들과 보내는 시간이 소중해졌다. 아무리 '엄마, 엄마, 엄마!' 하고 불러대도 마냥 웃음만 나왔다. 그리하여 알았다. 몸의 피곤이 정신을 지배할 수도 있다는 것을. 뭐든지 정신력으로 이겨낼 수 있다고 믿었던 과거의 내가 부끄러워졌다.

팬데믹이 어느 정도 누그러지고 아이들도 백신을 맞자, 어린이집에 작은아이를 보냈다. 근무 스케줄도 바꾸었다. 공부나 일 무엇이든 양으로 승부하던 내가, 질을 더 중시하기 시작했다. 이런 변화에 아이들도 나도 더 웃게 되었음은 말할 것도 없다. 아이들을 낳은 뒤 사랑 아니, 살도 늘어 더 깊어진 보조개만큼 나의 행복도 깊어졌다.

주변의 지지도 회복에 큰 몫을 했다. 어린아이를 키우는 부모가 많은 직장이라 서로의 처지를 공감하고 도왔다. 아이가 아프거나 아이들이 다니는 어린이집, 학교에 가야 할 일이 있으면 대신 일을 봐주고 스케줄도 바꾸어주었다. 병원 안팎에서 워킹맘의 고충도 나눌 수 있었다. 나와 함께 같은 짐을 지고 걷는 누군가가 있다는 사실 하나만으로도 크나큰 위로가 되었다. 갑자기 다음 날 어린이집이 문을 닫는다는 소식에 어쩔 줄 몰라 하자, 한때 나를 가르쳤던 교수이자 지금은 동료가 된 워킹맘 크리스틴은 바로 나를 안심시켰다.

"내가 브라이언 봐줄게. 우리 집에서 좀만 걸으면 해변가잖아. 같이 모래 놀이 하다 보면 하루가 금방 갈 거야. 언제든지 말해. 난 내일 일도 안 해. 걱정 말고 나한테 맡겨."

눈물이 쏙 나올 정도로 감동받았다. 내 아이든 다른 사람 아이든 하루 종일 돌본다는 건 쉽지 않은 걸 잘 아니까.

친한 친구이자 동료인 지나도 늘 말한다.

"갑자기 애 봐줄 사람 필요하면 언제든지 말해. 이 이모가 사탕을 무제한으로 줘서 엄청 난리 칠지도 모르지만 신나게 놀아주는 건 자신 있다고."

농담 같은 이 제안은 매번 내 가슴을 울린다. 동료들의 배려와 지지가 없다면 일과 육아를 해낼 수 있을까.

엄마가 되기 전 내가 느꼈던 행복과 기쁨, 사랑의 강도는 엄마가 된 후 느끼는 감정과 절대 비교조차 될 수 없다. 아이들의 뒷모습만 봐도 사랑과 행복이 온몸에 흐른다. 이 감정과 순간이 진짜인지 믿기 힘들 정도다. 뽀얗다 못해 투명한 피부, 짧은 목, 몸에 비해 큰 머리, 말랑말랑한 귓바퀴, 쪼그려 앉으면 공같이 동글동글한 작은아이. 책을 보다가도 노래를 부르다가도 나를 향해 미소를 보내는 맑은 얼굴의 큰아이. 아이들의 작은 행동 하나하나에도 가슴이 벅차다. (솔직히 말해 아무것도 안 하고 가만히 있어도 아이들이 너무 자랑스러워 나 자신이 바보가 된 것 같은 느낌이 든다.) 존재만으로도 나를 뭉클하게 만드는 아이들. 마치 폭죽이 터지듯 웃음을 터뜨리는 아이들 덕분에 나도 웃음이 늘었다.

저 작은 존재들은 도대체 무엇이기에 나에게 이토록 반짝이는 순간들을 선물할까. 나를 눈부시게 아름다운 세상으로 초대했을까. 세계에서 행복 지수가 가장 높은 나라, 부탄에는 '사랑해'라는 말이 없다고 한다. 대신 '당신과 함께해 내 마음이 빛나요'라고 말한다고. 아이들이야말로 나에게 그 '빛나는 마음'을 실제로 경험하게 해주었다. 감정의 폭과 결을 바꿔준 소중한 아이들과 함께하려면 나의 몸과 마음에도 여유가 있어야 한다. 그래야 그 감정을 다시 아이들에게 고스란히 돌려줄 수 있다. 결국, 나와 아이들은 함께 있어 빛날 수 있는 게 아닐까.

나의
사랑,

나의
남편

"혹시 내가 치매에 걸리면 집에서 고생하지 말고 그냥 요양
원에 보내줘."

아서 클라인먼Arthur Kleinman의 책 『케어』를 읽고 그가
느꼈을 고통에 몸서리치며 말했다. 그는 치매에 걸린 아내
를 손수 돌보며 오랫동안 신체적, 정신적 고통을 견뎌냈다.
사랑과 헌신으로 이어진 돌봄이었으나 그는 큰 고통을 겪었
다. 난 그런 고통을 원치 않았다. 특히나 나의 아픔이 남편
의 고통이 되게 둘 수 없었다. 우리의 소중한 관계가 그렇게

막을 내리게 둘 수도 없었다. 마지막 장면은 중요하니까. 소파에서 반쯤 누워 아이패드로 차트를 쓰고 있던 그가 고개를 들어 나를 보며 담담히 답했다.

"내가 잘 보살피지 못할 수도 있지만 같이 살자. 그래도 함께할 수 있잖아."

다정함을 넘은, 현실적이면서도 본질을 꿰뚫는 그의 답에 울컥했다. 평생 잊지 못할 순간이 또 하나 늘었다. 남편을 보며 나도 저럴 수 있을까 늘 생각한다. 의대에서 처음 만났을 때부터 지금까지, 그는 변함없이 좋은 사람이다. 좋은 사람이라 더 좋은 사람, 완전히 내 사람인 사람, 평생 내 곁에서 나를 지켜줄 사람, 정 마이클.

팬데믹 중 감염 위험을 줄이기 위해 되도록 외출을 삼가면서 우리의 일상도 변했다. 이발소에 가기 어려워진 남편의 머리를 내가 직접 깎아주기 시작했다. 처음에는 서툴렀다. 그런데 시간이 갈수록 실력이 늘어 남편은 단골 이발소보다 내가 깎아주는 게 더 마음에 든다고 했다. 옛날에는 이발사가 의사도 겸했다더니, 손으로 하는 시술은 이발에도 적용되나 보다.

새해 첫날 밤, 텔레비전을 보고 있는데 남편이 머리를 깎아달라기에 기꺼이 깎아줬다. 이제는 손에 익은 전기 면도기를 거침없이 미는 순간 나는 비명을 질렀다. 남편 머리에 고속도로가 시원하게 났기 때문이다. 실수로 이발 날을 끼우지 않고 그냥 밀었던 것이다. 마침 딸아이가 자기 전 인사를 하러 총총대며 들어왔다. 아빠 머리를 보고 아이는 처음에는 괜찮다며 위로하다 급기야 눈물을 왈칵 쏟았다. 나도 울었다. 너무 미안해서.

그는 우는 우리를 위로하며 모자를 주문했다. 당장 내일 아침부터 펠로우들과 함께 외래 환자를 봐야 하지만, 의대 강의가 없는 게 어디냐며 사람 좋게 웃었다. 그리고 계속해서 농담을 하며 우리를 안아줬다. 다음 날 아침, 간호사들이 어찌 된 일이냐고 물어도, 허허실실 웃으며 아내가 실수로 밀어버렸다고 모두를 웃겼다. 혹시나 내가 걱정하고 있을까, 동료와 환자들의 반응을 문자로 보내줬다. 그 후로도 종종 그때 사진을 보여주며 나를 깔깔 웃게 만들었다.

그런 사람이다, 나의 사랑은. 최악의 상황도 웃음으로

승화시켜 내 마음이 다치지 않게 해주는 사람. 당장 내 눈앞이 깜깜하더라도 주변 사람을 보듬는 사람.

내가 당직을 서는 날이면, 남편은 늘 문자나 화상 통화로 내 상태를 살핀다. 당직 다음 날 아침에도 연락해 밤새 무슨 일은 없었는지 확인한다. 분명히 전날 밤 웃으며 통화를 마쳤는데, 컴컴한 방에서 눈이 퉁퉁 부은 채로, 침대에 누워 울고 있는 적이 많았기 때문이다. 퇴근 후 아이들을 데리고 집에 왔는데 침대에서 꼼짝도 하지 않는 아내를, 괜찮냐고 물어보는 순간부터 대성통곡하는 아내를, 도통 울음을 멈추지 못하는 아내를 안아줄 수밖에 없는 그는 매번 어떤 심정일까. 나는 알지 못한다. 그가 마지막으로 한 심폐소생술은 내과 레지던트 중이었던 까마득한 옛날이고, 환자의 죽음은 차트나 주치의의 전화로 알게 되는 류머티스내과 의사이기 때문이다.

진료과가 다르기에 병원에서의 경험 역시 다를 수밖에 없지만, 그렇기에 한 발짝 떨어져 상대의 상황을 객관적으로 볼 수 있다. 의사라는 공통분모는 여전히 강력해서, 의학적 고민이나 병원에서의 일을 줄줄 쏟아내도 말이 통한다.

정서적인 지지뿐 아니라 의학적 견해도 나눌 수 있으니, 나에게 남편은 유일무이한 사람이다. 내 사람이다.

내가 원하는 것이라면 무엇이든 지지하는 사람, 나의 행복과 안위를 위해서라면 자신의 노고는 아무것도 아닌 사람. 그런 사람이 곁에 있어 고되고 어려운 일도 계속할 수 있다. 병원에서 일어나는 모든 일을 듣고 온전히 지지해 주고 위로해 주는 사람, 그만두고 싶으면 언제든지 그만두라고 안아주는 사람. 그의 사랑으로 나도 더 좋은 사람이 되기로 마음먹는다. 그리고 좀 더 나은 사람이 되기 위해 노력한다.

아이를 잃은
엄마를

자주 보는
엄마

○○○○ 학교

경쾌하게 울리는 전화기에 뜬 발신지. 큰아이, 벨라가 다니는 초등학교다. 가슴이 쿵 하고 내려앉았다. 보통 사고를 치거나, 아이가 아프거나, 학교를 빼먹지 않는 한 연락 올 일은 없으니.

"안녕하세요. 벨라 담임, 데이비드슨입니다."

담임선생님에게 전화가 먼저 오다니. 큰 사고를 친 게 분명했다.

선생님이 말을 이어가는데 도무지 들리지가 않았다. 이

미 마음속에서는 무릎 꿇고 사죄하기 바빴다. 죄목이 무엇인지는 모르나, 엄마라면 사과부터 해야 할 것 같아서.

"벨라를 맡은 게 처음이라 부모님이 어떤 부분에 집중하고 싶은지 궁금해서 전화드렸습니다. 보통 다른 부모님들은 읽기나 산수에 더 신경 써달라고 하시더라고요."

'오, 이 선생님 최고다. 보통 학기 중반이나 되어서야 의무적으로 상담을 하는데, 학기가 시작되자마자 전화를 다 주시고! 그나저나 우리 벨라, 사고는 안 쳤구나. 다행이다.'

걱정이 달아나며 둥실둥실 기쁨의 춤이라도 추고 싶은 심정이었다.

학업에는 솔직히 관심이 없다. 그래도 그렇게 답하면 이상한 또는 무심한 학부모로 보일 것 같아 최대한 돌려 답했다.

"학업적으로는 크게 걱정하는 건 없고요. 단지 벨라가 모두에게 친절하고 다른 아이들과 잘 어울리면 좋겠어요. 배려도 잘하고 도움이 필요한 친구를 기꺼이 돕는 아이였으면 해요."

"제가 보는 벨라가 딱, 그런 아이예요."

내겐 세상에서 가장 좋은 소식이었다.

레지던트 때부터 시작해 교수가 된 이후에도 죽음은 항상 나를 따라다녔다. 태어나자마자 울어보지도 못하고 죽는 아기들, 잘 크다가도 암이나 유전병으로 갑자기 죽는 아이들, 분명히 아침에 웃으면서 학교에 갔는데 뇌사 상태로 병원에 누워 있는 아이들. 책이나 영화, 뉴스에서만 보던 슬픈 일들은 내 눈앞에서 너무 자주 그리고 더 끔찍하게 벌어졌다. 실제로 크게 아프거나 죽는 아이가 많지 않다는 걸 머리로는 안다. 하지만 내가 직접 본 경우는 너무 많았다. 그래서 엄마로서 아이들에게 원하는 것은 딱 두 가지, 건강 그리고 친절이다. (물론 살아만 있어도 좋겠다고 말하고 싶지만, 어느 정도 '사람'다운 삶이어야 하니까..)

아무리 자식에게 큰 기대와 바람이 있더라도, 내일 당장 아이가 죽는다면 무슨 소용이란 말인가. 보통의 나날을 보내고 있기에 많은 사람들이 간과하는 사실이 있다.

누구나 죽는다는 것.

벨라와 브라이언도 공부나 운동을 잘하고 성격까지 좋다면 바랄 것이 없겠다. 하지만 그 기대로 아이들을 힘들게 한다면 과연 의미가 있을까. 오로지 내 욕심으로 아이들을 괴롭히고 싶지 않다. 사교육이 적은 미국이라지만, 주위를 보면 사립학교를 보내고 과외에 운동까지 무척이나 다양한 사교육을 시킨다. 벨라는 본인이 원해 방과 후 활동으로 테니스와 종이접기를 한 적이 있다.

나는 강남 8학군의 엄청난 교육열을 정면으로 맞으며 초중고 시절을 보냈다. 초등학교 5학년 때, 금요일 오후마다 피아노, 성악, 글쓰기, 산수, 그리고 사고력 키우기 수업까지 받았다. 학원 버스를 타고 집에 오면 밤 11시였다. 당시에는 토요일에도 학교를 가야 했기에 무척이나 고달팠다. 성인이 되어 '불금'을 누리기 전까지는 금요일을 가장 싫어했을 정도였다. 개인적인 경험 때문에 사교육에 더 반감이 있을 수도 있다. 일터에선 아이를 잃고 절규하는 부모를 너무 많이 만났다. 나도 그들 중 한 명이 될 수도 있다는 것을 온몸으로 배웠다. 가끔씩 아이들을 향한 욕심이 솟구칠 때마다, 스스로를 다독이려 한다.

'지금 아이가 살아 있잖아. 그리고 행복하잖아. 그보다 더 중요한 게 뭐가 있겠어?'

그렇다. 아이를 잃은 부모는 아이가 살아 있기만을 바랄 것이다. 살아 있는 아이. 그 이상을 바라는 것은 내 욕심이다. 아이가 본연의 모습대로 자랄 수 있게, 아이가 쉴 그늘이 되어주는 것이 제일 중요하다. 사랑으로 키우고 사랑으로만 바라봐 주는 것이야말로 부모의 몫이 아닐까.

스스로

삶을 끝낸

의사

미국에서 매년 자살하는 의사는 400여 명에 달한다.[4] 의사는 자살률이 가장 높은 직업군이다. 여의사의 우울증 발병률은 비슷한 연배의 박사 학위 소지자 여성보다 훨씬 더 높다. 특히 여의사는 다른 직업군 여성에 비해 자살률이 2.5배에서 4배 이상 높다. 의학적 지식을 지닌 의사 특성상 자살 시도가 실제 자살로 이어져 자살률이 높기도 하다. 남을 살리기 위해 의학을 배웠지만, 그 지식으로 스스로 죽음에 이른다는 사실이 가슴 아프기 그지없다.

2022년, 닥터 로나 브린Lorna Breen 의료진 보호법이 통과

되었다. 의료진의 자살, 번아웃, 정신 질환, 그리고 마약 오남용을 방지하기 위한 교육 자금을 확보한 것이다. 로나는 코로나가 가장 세차게 몰아친 불운의 장소인 뉴욕시 응급실에서 사투를 벌였다. 코로나에 걸리고도 사명감으로 일찍 복귀했을 정도로 강인한 그녀였다. 그런 그녀도 몇 주 뒤 삶을 마감했다. 과연 무슨 일이 있었을까.

전 세계가 코로나로 전쟁을 치르고 있을 때, 로나는 최전방에 선 전사였다. 그녀가 마주한 참상은 상상 이상의 것이었으리라. 2023년 봄에 집계된 수치에 따르면 약 100만 명의 미국인이 코로나로 목숨을 잃었다. 한때 미국에서 코로나로 죽은 사망자 수의 3분의 1이 뉴욕시에서 집계됐을 정도다. 최악의 상황이 그녀 앞에서 벌어지고 있었다. 시신이 영안실과 장의 시설을 벗어나 병원 밖 컨테이너에 쌓이고, 뉴욕시 밖의 하트섬에까지 쌓이기 시작했다.

한 사람이 감당해야 하는 죽음의 수는 적을수록 좋다고 생각한다. 로나에게는 얼마나 많은 죽음이 찾아왔을까. 녹록지 않은 현실 앞에서, 내 손을 놓는 생명 앞에서, 쌓이는 죽음 앞에서 그녀는 무력감을 느꼈다. 본인이 코로나에 걸린 상황에서도 동료들을 걱정하던 그녀는 스스로를 놓고야 말았다.

　　로나의 유가족은 의료진의 번아웃을 방지하고 정신 건
강을 돌볼 수 있도록 지원하는 한편 인식 개선을 돕는 단체
를 만들었다. 의료진이 자신의 정신 건강도 돌볼 수 있도록
말이다. 로나도 정신과 진료를 원했지만 의료 면허에 문제가
생길 것이 두려워 결국 받지 못했다.

　　나 역시 둘째를 낳고 우울한 감정이 지속되어 정신과 진
료를 고민했다. 상담이나 약물 치료를 받아 증상을 완화시
키고 평소의 활기 차고 기분 좋은 상태로 돌아가고 싶었다.
그렇지만 차마 갈 수 없었다. 이유는 단 하나 '의료 면허'였
다. 행여나 나중에 정신과 치료를 받은 기록이 왜곡되어 해
석될 수도, 그 이유로 의사 면허가 박탈될 수도 있다.

　　그녀도 그랬을 것이다. 환자를 돌보면서 얻는 기쁨과 의
사라는 정체성, 모두 포기할 수 없었을 것이다. 다행히 나의
증상은 상대적으로 경미하고 빈도 또한 낮았다. 출산 후 요
동치던 호르몬이 안정을 찾으며 평소의 나로 돌아왔다. 나
와 달리 그녀의 상태는 심각했다. 현실과 동떨어져 보이는
그녀를 가족들이 곁으로 데리고 갔다. 하지만 가족의 따뜻

한 품도 충분치 않았다. 그곳에서 그녀는 목숨을 끊었다. 로나뿐만이 아니었다. 캐나다 몬트리올 응급실에서 일하던 의사, 커린 디옹Karine Dion도 캐나다 토론토의 간호사, 스테파니 반 윈Stefanie Van Nguyen도 모두 팬데믹의 여파로 생을 끝냈다.

의료진의 공감은 환자의 호전을 돕는다. 그런데 무엇이든지 지나치면 문제가 생긴다. 지나친 공감으로 번아웃이 오기도 하고 본인의 건강 또한 해칠 수 있다. 자신을 계속 내어주면서 일하다 보면, 더 이상 나에게는 아무것도 남지 않는다. 일을 그만두어서라도 자신을 지켰어야 할 소중한 생명들이 자신을 끝까지 내어주다 못해 사라져버리고 말았다.

병원에서 내 아기, 아니 환자를 잃고 나면 매번 엉엉 운다. 그렇게 하지 않고서는 살 수 없을 것 같아서. 집에 가서 아이들과 조금 더 시간을 보내고 자기 전에 책을 열 권 넘게 읽어주기도 한다. 영문을 모르는 아이들을 더 오래 더 세게 꽉 끌어안는다. 그렇게 아이들과 함께하며 견뎌낸다.

같은 일을 하는 친구들을 정기적으로 만나, 환자를 잃

은 이야기를 나누며 서로를 위로한다. 의학적인 조언을 구하기도 하지만 주로 서로의 아픔과 슬픔을 나눈다. 근무하는 병원이 달라도 신생아중환자실에서 일어나는 일은 비슷하다. 이미 겪었거나 겪을 일이라서 깊이 공감할 수 있다. 어떤 일이 있었는지 그냥 털어놓았을 뿐인데 곧 죽을 것만 같던 괴로움이 사라질 때도 있다. 힘든 당직이 끝나고 내 안에서 뭔가 나를 갉아먹고 있다는 생각이 들 때면 주저하지 않고 전화기를 든다. 나와 같은 일을 겪고 있는 누군가가 있다고 느끼는 순간, 나의 일을 자기 일처럼 알아주고 공감해 주는 친구의 목소리를 듣는 순간, 나를 짓누르던 무언가도 덜 버거워진다.

글을 쓰는 것도 큰 도움이 된다. 하얀 종이나 화면에 내 안의 것을 쏟아내면 시커먼 감정도 하얗게 씻기는 것만 같다. 그럼에도 괴로움이 지속되면 그 속에서 빠져나올 수 있게 주의를 돌릴 수 있는 것을 찾는다. 좋아하는 에세이를 읽거나 내가 고민하는 문제에 대한 지혜를 줄 법한 책도 찾아 읽는다. 모든 경험에서 배우고 또 책에서 얻은 깨침으로 힘든 시간을 헤쳐나가려고 노력한다.

의료진마다 자신만의 '자기 돌봄' 의식이 있을 것이다.

내가 나를 돌보지 않고서는 이 일을 계속할 수도, 병원 아기들과 가족들을 제대로 돌볼 수도 없다. 무엇보다 나 자신을 견딜 수 없을 때도 있기 때문이다. 컴컴한 방에 혼자 남겨진 것만 같은, 내 의식이 사라져야 끝날 것 같은 어두움도 찾아온다. 나도 동료들도 지나친 공감으로 '공감 피로'나 번아웃을 겪기도 한다.

개인적인 자기 돌봄만으로는 충분하지 않을 때가 있어 구조적인 도움이 꼭 필요하다. 자기 돌봄을 실천하는 심리치료사들도 자기 돌봄을 실천하지 않은 치료사들과 비교해 적지 않은 이차 트라우마를 겪기 때문이다.[5] 닥터 로나 브린법으로 가까운 미래에는 의료진도 편견이나 면허 박탈에 대한 걱정 없이 전문가에게 도움을 요청하는 게 쉬워질 것이다. 존스홉킨스병원은 공감 네트워크를 조직해 전화 상담을 장려한다. 소속 단체에서의 도움뿐만이 아니라 단체 밖에서의 심화된 도움도 제공한다. 병원과 공동체 안에서 지친 의료진을 보살펴야 한다. 그래야 몸과 마음이 온전한 의료진이 환자의 치유를 도울 수 있다.

의료진은 남을 돕기 위해 부름받은 사람들이라 할 수 있다. 자기 안에서 부르짖는 외침에 응답해야 나를 지키고,

더 나아가 그 힘으로 남을 돕는 것도 가능하다.

누군가의
비일상이

나의 일상으로
변하는 순간

06:30 눈을 떴다. 브라이언이 '부!' 하는 큰 소리로 나를 깨운
다.

"잘 잤어?"

아직 눈이 잘 떠지지 않지만 미소를 부르는 아이의 목
소리에 인사를 건넨다.

"나 자알 잤어!"

까르르 웃는 브라이언 눈이 시옷 자로 바뀐다. 아이의
모습에 나도 웃음이 터진다.

07:30 어기적거리며 늦장을 피우는 벨라와 브라이언을

재촉해 차에 태우고 집을 나선다.

07:55 가까스로 늦지 않게 병원에 도착했다. 출입증을 찍고 중환자실 문을 연다.

08:00 지난밤 당직을 선 동료에게 인계를 받는다.

나의 일상은 보통 이렇게 시작한다. 어여쁜 아이들을 어린이집으로 또 학교로 데려다주고 병원에 도착해 아픈 아기들을 돌본다. 그러다 어딘가에서 아기가 예기치 못한 상황에 태어나거나 아프기 시작하면, 누군가의 비일상이 나의 삶 속으로 깊숙이 들어와 일상을 뒤흔들기도 한다.

내가 아이들을 재촉하며 등교시키고 출근하던 그 시각, 레이철도 아침에 일어나 샤워를 하고 있었다. 봉긋 솟은 배 한쪽이 갑자기 억 소리가 날 만큼 아프기 시작하더니 시뻘건 피가 콸콸 쏟아져 나왔다. 어찌해야 할 바를 모르는 엄마에게서 아기가 쑥 하고 밖으로 나왔다.

그녀는 이미 알고 있었다. 아기의 장이 배 밖으로 다 나와 있다는 것을. 시커먼 초음파 화면에서 희뿌옇게 보였던 장이 눈앞에 있었다. 아기 배꼽 옆 구멍으로 나온 분홍빛 장이 마구 뒤엉킨 채로. 아기 몸 위에 그리고 샤워실 바닥에

흩뿌려져서.

"누가 나 좀 도와줘!"

날카로운 비명에 집에 있던 여동생이 샤워실 문을 열어
젖혔다. 여동생도 난생처음 보는 광경, 아니 보고도 믿을 수
없는 광경에 같이 비명을 내질렀다. 가까스로 정신을 차린
동생은 아기를 안아 올려 서둘러 수건에 쌌다. 언니에게 대
충 옷을 입힌 뒤 둘을 싣고 병원으로 급하게 차를 몰았다.

제2주차장으로 신생아중환자실팀 서둘러 가주세요.

처음 보는 문자에 모두 고개를 갸우뚱했다. 아기가 나
왔다는 것인지 아니면 산모가 도착했다는 것인지 알 수 없
었다. 서둘러 뛰어가 보니 응급실팀과 산부인과팀이 한 차
를 둘러싸고 있었다. 뒷좌석에는 겨우 몸을 가린 산모와 수
건에 싸인 아기가 누워 있었다. 불행은 늘 둘이나 셋씩 붙어
온다고 했던가. 예정일보다 몇 주 일찍 나온 데다 장까지 밖
에 나와 있는 아기가 병원이 아닌 샤워실에서 태어나다니.

뒷좌석에서는 간단한 검진조차 쉽지 않았다. 서둘러 차
트렁크를 열고 그 위에 아기를 누였다. 다행히 호흡은 나쁘
지 않았다. 다만 노출된 장과 쌀쌀한 날씨 때문에 아기의 몸

이 차가웠다. 가지고 있는 모든 장비를 동원해 아기를 싸고 병원 로비로 갔다. 아기의 상태를 확인하기 위해 급한 대로 로비 데스크 위에 아기를 올렸다. 생체징후를 잴 수 있는 선을 몸 곳곳에 연결하고 다시 아기를 싸려는데 데스크를 지키는 병원 직원의 얼굴이 얼핏 보였다. 새하얗게 질려 곧 쓰러질 것 같은 얼굴을 하고 있었다. 아마 대부분의 의료진도 비슷한 감정을 느끼고 있었겠지만 산 사람의 장을 처음으로 본 그의 충격은 좀 더 컸으리라.

그 뒤로 몇 시간 동안 아기의 상태는 좋아졌다 나빠지기를 반복했다. 미숙아인 데다 배벽갈림증gastroschisis으로 몸 밖에 나와 있는 장 때문에 몸의 수분이 쭉 빠져 있었다. 체온이 낮은 상태가 오래 이어졌기에 안정을 찾기까지 꽤나 시간이 걸렸다. 전해질 검사를 밤새 해야 했다. 수액을 고심해서 선택하고 자주 바꿨다. 뜬눈으로 밤을 보내고 다음 날 해가 뜨자 퀭한 얼굴로 동료에게 아기의 상황을 전했다. 고된 몸을 이끌고 차에 올랐다. 아기의 상태가 조금 나아진 게 위안이 되었다.

09:45 어떻게 운전을 하고 왔는지 기억조차 나지 않는

다. 해가 쨍해 그나마 다행이랄까. 집에 겨우 도착해 샤워를 하고 머리를 대충 말린 뒤 침대에 누웠다.

10:50 너무 피곤해서 잠이 오지 않는 걸까, 밤새 풀가동 한 뇌가 쉴 생각조차 하지 않는 걸까. 잠이 오지 않아 너무 괴롭다. 피곤한데 못 자는 괴로움은 겪어본 사람만이 알 것이다. 초기 치료가 잘못된 건 아닌지, 잘못된 치료를 오더해 상태가 나빠진 건 아닌지, 아침에 새로 내린 오더는 잘못된 게 없는지 걱정이 끊이질 않는다.

17:30 나도 모르는 새 잠이 들었나 보다. 브라이언이 "엄마! 일어나요!" 하며 나를 깨운다. 이번에는 웃음이 나오지 않는다. 너무 피곤해서. 다시 눈을 감았다.

18:30 시끄러운 소리에 눈을 뜬다. 이번에는 좀 정신이 든다. 벨라가 학교에서 있었던 일을 이야기하고 싶다며 이제 일어나라고 난리다. 눅눅한 이불 같은 몸을 일으켜 앉는다. 안경을 쓰지 않아 벨라의 표정이 잘 보이지 않는다. 하지만 눈을 부릅뜨고 귀를 기울여 본다. 이미 아이는 안다. 내가 지금 어떤 상태인지. 짧게 이야기하고 다시 누우라며 문을 꼭 닫고 사라진다.

19:00 아이들이 잘 시간이 한 시간밖에 남지 않았다. 어

떻게든 아래층으로 내려 가야 한다. 남편이 저녁을 챙겨 먹이고 놀아주고 있지만, 거의 이틀 동안 못 본 아이들과 시간을 보내야 하니까.

20:00 한 시간쯤 놀다 보니 체력이 뚝뚝 떨어진다. 배가 고프지만, 먹을 기운이 없으니 다시 침대로 향한다. 아이들이 잘 시간이니 나도 함께 누울 수 있다.

그렇게 치열한 하루가 지고 다음 날 아침이 되면 비슷한 일상이 시작된다. 내가 병원에 있는 그 시각, 누군가에게 비일상적인 일들이 일어난다. 크고 작은 불행은 나의 일상으로 침투해 하루의 방향을 바꾸기도 한다. 보이지 않는 그 무엇과 치열하게 싸우다 이기기도 지기도 한다. 늦게 퇴근해 집에 가면 눈물이 앞을 가리기도 보람으로 웃음이 그치질 않기도 한다. 병원에서의 시간은 나의 하루를 바꾸고 그 여파로 아이들과의 시간이 더 소중해지기도 더 피곤해지기도 한다.

아픈 아기와 가족을 뒤로하고 집에 도착하면, 건강한 아이들과 남편이 나를 반긴다. 누군가의 비일상이 나에게 일상이 되는 것처럼, 누군가의 아픔과 불행은 나의 슬픔과 절망으로 바뀌기도 한다. 그리고 그 감정들이 나를 바꾼다. 더 좋은 엄마가 되기도 더 나쁜 엄마가 되기도 한다.

2장

신생아중환자실을
지키는

의사입니다

신생아중환자실이

뭐 하는
곳이죠

뚜뚜뚜뚜. 종종대는 발소리가 복도를 메운다. 고개를 돌려보니 두 살쯤 된 아이가 복도를 뛰어다니고 있다.

"케일럽! 이리 돌아오지 못해?"

아빠가 부랴부랴 병실에서 나와 아이를 쫓는다. 병실에 있던 케일럽의 엄마, 조부모, 그리고 곁에서 일하던 의료진 모두 크게 웃었다. 케일럽이 뛰던 모습 그대로 멈춰버렸기 때문이다. 아빠가 달려가 케일럽을 번쩍 들어 럭비공처럼 옆에 끼고 병실로 들어간다. 내가 따라간 그 병실에는 조그만 루시가 인큐베이터에서 자고 있다. 시끄러운 소리가 나도 잘 자고 있는 걸 보니 좀 전에 배불리 먹은 게 틀림없다. 엄마는 유축기를 정돈하며 내게 묻는다.

"오늘 새로운 치료가 있나요?"

"아뇨, 어머님. 어젯밤에도 루시가 잘 먹고 잘 잔 데다, 오늘 피 검사 결과도 좋아서 이제 경과만 보면 될 것 같아요."

32주에 태어난 루시는 상태가 좋은 미숙아다. 호흡에 도움을 주는 장치만 열흘 정도 필요했다. 엄마는 출산 후 출혈로 꽤나 고생했다. 아빠와 조부모가 엄마를 대신해 매일 밤낮으로 루시를 지켰다.

미국에서는 일반 병동의 방문 시간은 정해져 있지만 대부분의 중환자실은 24시간 방문을 허락한다. 가족이 언제든 곁에서 위중한 상태의 환자를 볼 수 있게 배려하는 차원에서다.

늘 열려 있는 신생아중환자실은 병원에서도 매우 특별한 곳이다. 아기 한 명마다 엄마와 아빠가 매우 많기 때문이다. 병원 어디에서도 환자를 환자라 부르지 않고 나의 아기, 너의 아기라고 부르는 곳. 작은 생명이 너무나 소중해 내 아기인 듯 정성을 다해 보살피게 되는 곳은 신생아중환자실이 유일할 거다. 2교대를 하는 간호사부터 한 번에 28시간까지 일하는 의사, 그리고 거의 매일 보는 물리치료사, 호흡치료사, 약사, 영양사까지. 수많은 사람들이 병원에서의 '엄마'와 '아빠'로 분해 아기를 돌본다. 아기의 엄마 아빠는 사정에 따라 24시간 병원에서 지내지 못할 수도 있다. 그러니 의료진이 신생아중환자실에서 잠시나마 병원 엄마 아빠가 되어 아기를 안고 보살핀다. 아기의 밝은 미래를 위해 땀방울을 흘린다. 아기가 신생아중환자실에 도착하는 순간, 하나의 세계가 도착하는 것이니까.

누가 이 특별한 신생아중환자실에 오게 될까. 37주 이후에 태어나는 아기를 만삭아, 37주 미만의 아기는 미숙아라고 부른다. 미숙아 중에서도 28주 미만의 미숙아들은 대부분 몸무게가 1킬로그램이 되지 않고 일찍 나온 만큼 위험 요소도 많아 '초미숙아'라고 부른다. 작디작은 초미숙아는 두말할 것 없이 지속적인 치료가 필요하다. 호흡을 도와주고 아기의 체온을 실시간으로 재고 주변의 습도까지 하나하나 주의를 기울인다. 대부분의 수술실은 감염 위험을 낮추기 위해 22~24도로 관리되지만 아기들이 있는 곳은 다르다. 아기들은 어른보다 체온 조절이 어렵기 때문에 분만실이나 수술실은 25도에 맞춰져 있다. 초미숙아는 인큐베이터에 들어가 보통 32주나 34주까지 그곳에서 지낸다. 체온 조절이 가능하고 몸무게가 잘 늘면 인큐베이터 밖으로 나올 수 있다. (만삭아라도 아기가 작거나 체온 조절이 완벽하지 않으면 인큐베이터에 들어간다.)

신생아중환자실에는 소음 측정기가 곳곳에 설치되어 있다. 소음이 심하면 아기들은 스트레스를 받고 특히나 뇌출혈 위험이 높은 초미숙아에게 악영향을 미치기 때문이다. 수액에 들어가는 당분, 지방, 단백질, 전해질 양을 소수점 자리까지 계산해 최적의 영양을 공급하려 노력한다. 엄마의 유축을 신생아중환자실 안팎에서 돕고 그마저 여의치 않으면 다른 엄마들로부터 기증받은 모유를 살균해 아기에게 주기도 한다. 그 밖에도 미숙아의 취약한 장기, 예컨대 심장, 폐, 신장, 그리고 자라나는 뇌를 살피며 정상적인 발달을 돕는다.

미국은 병원마다 방침이 조금씩 다르지만 35주 미만의 아기는 신생아중환자실로 향하게 된다. 혼자서 숨을 쉬고 전체적인 상태가 나쁘지 않더라도 아직 미성숙해 체온을 유지하기 쉽지 않을 수 있고, 미숙아 대부분이 겪는 황달이 심해져 뇌가 손상될 수도 있기 때문이다. 그리고 무엇보다 혼자서 모유나 분유를 충분히 섭취하기 어렵기도 하다. 이런 이유로 35주 미만의 미숙아가 태어날 때는 신생아중환자실에서 의사, 간호사, 호흡치료사를 보내 혹시나 발생할지 모를 응급 상황에 대비하고 조속한 입원을 돕는다.

　35주 이상의 '나름' 성숙한 아기가 신생아중환자실에 오기도 한다. 대부분은 호흡 문제다. 산소를 공급하는 처치로 끝날 때도 있지만, 기도를 열고 폐를 열어줄 압력이 필요한 아기도 있다. 그래도 나아지지 않으면 기도 삽관을 해 인공호흡기를 달아 숨을 쉬도록 도와준다. 호흡 문제 외에도 장기에 문제가 있거나 다른 검사나 치료가 필요하면 갓난아기나 생후 4주 미만의 아기들이 신생아중환자실로 온다. 이것 역시 병원에 따라 다르다. 예컨대 생후 2~3주인 아기가 응급실에서 진료를 보고 입원이 필요하면 우리 신생아중환자실로 연락이 온다. 적합하다고 생각되지 않으면 소아중환자실로 보내기도 한다. 한번은 소아외과 의사가 수술을 마친 6개월 된 아기를 우리에게 특별히 부탁하기도 했다.

신생아중환자실에서 보기 힘든 거인(?)의 우렁찬 울음소리라니. (이 아기는 사실 10킬로그램이 되지 않았는데, 신생아중환자실에서 우리가 익숙히 보아온 아기들 열 명을 합친 것보다 몸무게가 더 나갔다.)

초미숙아를 제외한 28주 이상의 아기들은 어느 정도 치료를 받고 나면 대부분 퇴원이 가능하다. 90퍼센트가 넘는 아기들이 살아서 집으로 향한다. 어림잡아 40주 전후, 그러니까 예정일쯤 집에 가게 된다. 보통 병원에서 치료를 받고 떠날 때 '퇴원'이라고 표현한다. 그러나 신생아중환자실에서 몇 주 또는 몇 달 간혹 일 년 넘게 생활하다 집으로 떠나면 우리는 아기에게 '졸업'이라는 영광의 이름을 헌정한다. 퇴원이라는 말로는 부족하기 때문이다.

셀 수 없이 많은 아기들이 예상대로 또는 예상을 벗어나 집에 가기도 하고 죽기도 한다. 살아도 삶을 모르는, 젖을 먹지도 울지도 움직일 수도 없는 아이로 클 수도 있다. 그런 삶을 부모가 원치 않는다면 아기를 편안히 잘 보내주도록 돕는 것 또한 의료진의 책임이다.

힌디어로 프리미는 사랑을 뜻한다. (미숙아의 영어 줄임

말인 preemie와 발음이 같다.) 말 그대로 '사랑' 그 자체인 작은 아기들이 세상에 남을 수 있도록 돕는 곳이 신생아중환자실이다. 세상을 떠날 수밖에 없는 아기들을 잘 보내주는 곳도, 그 가족들을 품는 곳도 신생아중환자실이다. 내가 하루의 대부분을 보내는 곳, 자주 밤을 새우는 곳, 하나의 세계가 매일 탄생하고 사라지기도 하는 곳, 이곳이 신생아중환자실이다.

신생아중환자실에서
일해서

좋은 점

대학생 때 응급실에서 매주 봉사 활동을 했다. 환자들과 가족들에게 물을 가져다주거나 필요한 의료진이나 서비스를 찾을 수 있게 도왔다. 봉사 활동과는 별개로, 의사를 그림자처럼 따라다니며 어떤 일을 하는지 관찰하는 견학도 응급실에서 했다. 그런데 고통에 괴로워하는 환자를 보는 것도 힘들었지만 의외로 견디기 어려웠던 것은 냄새였다.

상상도 할 수 없을 만큼 끔찍한 냄새가 곳곳에서 진동했다. 특유의 노숙자 냄새는 응급실에서는 악취에 속하지도 않는다. 불쾌함을 넘어서 구토와 현기증을 부르는 냄새는 생각보다 자주 내 콧속으로 들어와 두뇌를 마비시켰다. 내과에서도 마찬가지였다. 응급실보다는 나았지만 환부나 고름에서 나는 냄새는 악취라는 범위를 훌쩍 뛰어넘는다. 가끔은 그 어떤 묘사도 설명도 불가능한 정체불명의 냄새를 맞닥뜨리기도 했다.

솔직히 냄새에 예민한 편이다. 비위는 엄청나게 강하지만, 희미한 냄새도 내게는 강하게 다가온다. 마스크를 낀들 최고 등급이 아닌 이상 냄새는 막아주지 못한다. 가끔은 코 안에 그 분자들이 들러붙어 냄새가 떠나지 않을 때도 있다. 언젠가는 적응되겠지 싶었는데, 코를 씻어내고 풀어야만 끝나는 그런 가혹한 냄새도 있었다.

차갑고 깨끗한 수술실은 조금 나을 줄 알았다. 특히 관절 수술을 하는 곳은. 정형외과에서 의대 실습을 할 때 무릎 수술에 들어가게 됐다. 마스크도 쓰지만 방독 헬멧도 쓴다. 내가 숨으로 내뿜는 균이 밖으로 나가지 않도록. 무릎 수술에 쓰이는 점토 같은 의료용 골시멘트의 오묘하고 강력한 냄새가 어쩐 일인지 헬멧 안으로 들어와 계속 떠돌고 있었다. 수술 중 도망가는 나약한 의대생이 되지 않으려 안

간힘을 썼다. 한참이나 인내력과 정신력으로 이겨보려 했지만 한계가 왔다. 마침내 냄새가 이겼다. 직감했다. 내가 곧 쓰러지리라는 걸. 스스로도 믿기 어려웠다. 냄새 때문에 정신을 잃을 수도 있다니.

외과 실습 중 최악의 의대생은 환자 위로 쓰러지는 의대생이다. 그때 내가 할 수 있는 최선은 뛰쳐나가는 것뿐. 문을 열고 나가 바닥에 주저앉았다. 서 있으면 머리가 바닥에 떨어질 것 같은 기분을 태어나 처음 느꼈다. 수술실 창문 너머로, 내가 정신을 잃고 바닥에 쓰러져 있지 않은 걸 확인한 의료진은 수술을 재개했다. 다시 돌아간 수술실에서 정형외과 의사는 나를 보고 더 놀랐다. 보통 한번 나간 의대생들은 결코 돌아오지 않는다며.

이런 연유로 신생아중환자실에서 일하는지도 모른다. 여기서라면 나를 거의 기절시켰던 지독한 냄새를 맡을 일은 없을 테니까. 배냇냄새는 아기가 아니라 아기를 둘러싼 분비물이나 엄마에게서 나온다. 갓 태어난 아기는 냄새가 없다. 신생아중환자실에서는 보통 어떤 냄새도 나지 않는다. 혹시라도 냄새라는 게 존재한다면, 특이한 분유 향이나 모유 향, 그리고 방문자들의 향 정도다. 의료진은 혹시나 있을 아기의 알레르기 반응에 대비해 어떤 향도 지니지 않는 게 원칙이다. 향수를 좋아해 수십 개씩 모았던 나지만 일찌감치 동생에게 양보했다.

간혹 아기에게서 모유나 분유 냄새가 난다. 맡으면 미소가 번지는 향이다. 모유나 분유마다 성분이 조금씩 다르고 아기마다 소화하는 능력이 다르다 보니, 아기가 게워낸 모유나 분유 냄새도 같지 않다. 토사물이니 당연히 쾌적하지는 않다. 그러나 아기 입에서 나온 노르댕댕한 그것은 냄새가 그리 나쁘지 않다. 아기는 거의 매일 씻기니 냄새 날 일도 없고, 갓난아기의 응가는 크게 냄새가 나지 않는 편이다. 물론 간혹 냄새가 나는 경우도 있지만, 기저귀를 갈면 다시 무향의 아기로 돌아가 '순수' 그 자체로 남는다.

외래에서 만나는 아기들은 각자의 향기를 품고 돌아온다. 집에서 쓰는 로션이나 파우더, 아기 용품의 향기를 전한다. 그마저 사랑스럽다. 이런 일상적인 일조차 어떤 아기에게는 죽음을 뚫고 신생아중환자실을 벗어나야만 가능하다. 그렇게 돌아온 아기들이 풍기는 '냄새'는 참 좋다. 신생아중환자실에서 힘들게 '졸업'한 아기들이 토 묻은 옷에 지독한 응가 냄새를 풍기며 찾아와도 꼬옥 안아주고만 싶다. 그 끔찍했던 응급실, 내과, 외과 냄새가 나더라도 나는 아기들을 두 팔 벌려 안을 것이다.

신생아중환자실
간호사는

왜
무서울까

"지금 뭐 하는 거예요?"

날카로운 소리가 모두의 귀에 박힌다. 소리가 난 곳을 쳐다보니, 화가 나서 씩씩대는 간호사 크리스틴과 얼굴이 새빨개진 레지던트 제임스가 서 있다. 제임스는 새로 들어온 이비인후과 레지던트다. 아마도 병원 곳곳에서 날아오는 협진 요청을 받아내고 수술실을 오가느라 정신없이 바쁠 터였다. 딱하지만 어쩔 수 없다. 신생아중환자실 간호사는 병원에서 무섭기로 유명하다. 어미 새가 아기 새 보호하듯 아기를 철저히 관리하기 때문이다. 다른 병동이나 중환자실에서는 간호사가 환자 주변에 없을 수도 있고, 있어도 별다른 제지를 받지 않고 의사가 환자를 검진한다. 신생아중환자실에서는 어림없는 일이다.

아기 주변을 지키는 사람은 신생아중환자실 간호사다. 혹시라도 자신의 허락 없이 아기를 만지거나 검진을 시도하면 곧바로 알아채고 저지한다. 깼다 금세 잠드는 아기도 있지만 좀체 잠들지 않는 아기도 있다. 의사의 검진으로 잠에서 깬 아기를 재울 수 없을지도, 아기가 필요한 휴식을 취하지 못할 수도 있다. 그러니 간호사는 아기 상태를 보고 검진을 허락하기도 하고 다른 시간에 와달라 부탁하기도 한다. 초미숙아의 경우, 하루에 몇 번씩 정해진 시간에만 인큐베이터 안으로 손을 넣어 필요한 치료와 케어를 한다.

케어 중에는 아기 싸개를 열어 아기 상태를 살핀다. 호흡을 돕는 장치가 있으면 호흡기 관리도 한다. 기저귀도 갈고 몸에 달린 각종 줄과 관을 확인해 혹시나 발생할 수 있는 피부 이상에도 대비한다. 체온과 혈압 등 생체징후를 다시 확인하기도 한다. 중한 상태가 아니면 만지는 손길을 줄여 정상적인 뇌 발달을 돕는 것이 초미숙아 돌봄의 기본이다. 원래대로라면 아기는 엄마 배 속에서 어떤 손길도 닿지 않고 밝은 빛도 없이 크고 있을 테니까. 교수인 나 역시 간호사의 감시 아래 케어 시간에만 검진할 수 있다. 신생아중환자실 간호사의 안내를 따르지 않으면 그들의 매서운 눈초리와 매콤한 불평을 감당해야 한다. 두 팔을 어미 새처럼 펼치고 온몸으로 나를 막을지도 모른다.

제임스가 멋쩍어하며 꼼짝 않고 서 있자 크리스틴이 다가가 친절히 설명해 준다. 신생아중환자실 아기들이 휴식을 취해야 하는 이유를. 매번 아기 담당 간호사로부터 아기 상태를 듣고 꼭 필요한 경우에만 검진을 할 수 있다고 덧붙이며. 제임스가 사과를 하고 물러나자 크리스틴이 자애롭게 허락해 준다.

"곧 케어 시간이에요. 이제 검진해도 좋아요."

나는 눈을 살짝 흘기며 어차피 하게 해줄 거면서 하는 표정을 지었다. 크리스틴도 윙크를 하며 입 모양으로 답한다.

"그래야 다음에 이런 실수를 안 하죠."

그제야 허락을 받은 제임스는 아기를 검진하고 차트를 살피다 종종걸음으로 신생아중환자실을 나선다. 병원 어디에서도 볼 수 없는 장면이 신생아중환자실에서는 매일 펼쳐진다.

"이곳에서는 모두가 우리 아기에게 마음을 쏟고 진심으로 대한다는 게 딱 보여요. 신생아중환자실에 온 후부터는 걱정이 없어졌어요."

퇴원하는 부모에게 마지막 인사를 하자 그들이 미소를 지으며 말했다. 한때 온라인에서 화제가 되었던 영상이 있다. 한국의 한 소아중환자실 간호사가 "아구 이뻐" "너무 귀엽다 진짜" "왜 이렇게 이뻐"를 연발하며 사랑을 고한다. 절절한 구애의 대상은 다름 아닌 생후 13개월 아기. 당시는 코로나로 인해 면회가 불가능한 때였다. 아이 소식을 듣기 위해 전했던 휴대폰을 통해 간호사가 아기에게 말을 거는 모습이 우연히 찍히게 된 것이다. 아기 엄마가 간호사에게 허락을 받고 공개한 영상은 많은 이들의 가슴을 울렸다.

그렇다. 우리 신생아중환자실에서도 간호사를 비롯한 모든 의료진이 말 그대로 아기를 정성을 다해 보살핀다. 내 담당 환자지만 환자를 넘어 나의 아기이기 때문이다. 다른 과에서 협진하러 온 레지던트, 펠로우, 교수도 다 안다. 왜 신생아중환자실이 특별한지. 왜 간호사가 그들을 막아서고 아기를 보호하는지. 아기는 자신이 얼마나 아픈지 불편한지 호소할 수 없다. 모든 부모가 매 순간 함께할 수 있는 것도 아니다. 하여 아기는 또 다른 누군가에게 '나의 소중한 아기'로 남아 보호를 받아야만 하는 존재가 된다. 간호사의 과보호(?)가 비록 다른 과와의 협진을 어렵게 하고, 신생아중환자실 간호사는 무섭다는 전설을 만들어내기도 하지만 말이다.

신생아중환자실에도
골든 아워가

존재한다

신생아중환자실에서의 골든 아워는 초미숙아가 태어나자마자 최대한 빨리 필요한 시술과 치료를 마치고 인큐베이터에 넣기까지의 시간을 의미한다. 출생 후 한 시간 안에 모든 일을 마치는 것이 목표다. 28주 미만의 초미숙아들은 탄생과 동시에 타이머가 켜진다. 째깍째깍 초침이 가기 시작한다. (어떤 신생아중환자실은 작은 농구 골대 위에 타이머를 설치한다고 한다. 시간 안에 끝내면 누군가 덩크슛을 할지도 모른다.)

의료진은 신속하게 아기의 호흡을 안정시킨 뒤 분만실

에서 나와 신생아중환자실로 향한다. 재빨리 혈관을 찾아 관을 넣고 수액을 단다. 피를 뽑아 실험실로 보낸다. 엑스레이를 찍어 아기 몸에 있는 모든 관의 위치를 확인하고 곳곳을 살핀다. 주로 기도 삽관 튜브, 중심정맥관과 중심동맥관이 있어야 할 위치를 확인하고 폐나 복부에 이상이 있는지 본다. 주렁주렁 달린 관과 생체징후를 측정하는 줄도 정돈한다. U자 모양의 보드라운 천 거치대에 아기를 눕혀 태아처럼 다리를 살짝 구부린다. 팔다리를 많이 움직이지 않게끔 다시 한번 띠를 살짝 둘러 자궁과 같은 환경을 조성한다. 눈 위에는 검은 천을 올려 빛을 최소한으로 줄인다. 빠르지만 정확하게, 여러 의료진의 손길이 제때 닿아야 한 시간 안에 이 모든 일을 마치고 아기를 쉬게 할 수 있다. 모두 정상적인 뇌 발달을 위한 노력이다.

골든 아워가 끝나면 초미숙아들은 두 번째 '자궁' 안에서 큰다. 시간이 흘러 인큐베이터의 온기와 습기가 필요 없으면 아기 침대로 옮긴다. 여느 아기처럼 침대에 누워 잠도 자고 엄마나 의료진의 품에 안겨 젖을 먹게 된다. 호흡이 안정되고 잘 먹고 잘 크면 드디어 집에 갈 수 있다.

안타깝게도 퇴원하지 못하는 초미숙아들도 많다. 28주 이상의 미숙아가 살 수 있는 확률은 90퍼센트를 웃돈다. 반면 24주에 태어나는 아기는 60~70퍼센트 정도의 생존율을 보인다.[6] 생명 유지도 어렵지만 무엇보다 정상적인 뇌 발달은 더 어렵다. 따라서 22주 이상, 24주 미만 초미숙아들은 출생 후 심폐소생술을 받지 않는 경우도 있다. 부모가 원해 심폐소생술을 하고 신생아중환자실로 입원하면 평균 생존율이 30퍼센트 정도 된다. 아기 상태와 출생 전후의 상황 그리고 신생아중환자실에서의 여정이 어떠했는지에 따라 생과 사, 정상과 비정상적인 발달이 나뉘기도 한다.

신생아중환자실에서의 치료와 관계없이 곁을 지킨 엄마 아빠의 사랑으로 아기들이 잘 크기도 한다. 많이 아팠지만 의학적으로 설명이 되지 않을 정도로 회복해서 집으로 간 경우도 자주 본다. 퇴원하는 날, 힘든 여정을 함께한 부모와 의료진은 한 아기만을 위한 작은 졸업식을 연다. 아기는 학사모를 본뜬 모자를 쓰고 졸업식 가운까지 입는다. 대학교 졸업식에서 자주 쓰이는 웅장한 음악이 흐르면 간호사에게 안긴 아기는 신생아중환자실 복도에서 힘찬 행진을 하며, 영광스러운 순간을 모두와 나눈다. 행진이 끝나면 신생아중환자실 졸업장도 수여한다. 의료진과 가족은 '졸업을 축하합니다!'라고 적힌 커다란 휘장이나 플래카드를 배경으로 아기와 사진을 잔뜩 찍는다. 벽에는 아기를 돌본 의료진이 정성을 담아 쓴 메시지가 빼곡하다. 중환자실에서 공식적으로 준비한 선물은 물론 의료진 각자 준비한 선물도 증정한다. 의료진은 롤러코스터를 타는 듯한 병원 생활을 이겨내고 어렵사리 땅에 발을 디딘 부모에게 찬사를 보낸다. 아기와 가족의 미래를 조금 더 밝힐 시발점이 될 골든아워에 의료진 모두 사력을 다하는 이유다.

아기를
살리는

캥거루 케어

"케일리 어머님, 잠시 들어가도 될까요?"

빽빽이 둘러싸인 커튼 사이를 뚫는 내 목소리에 케일리 엄마가 반갑게 커튼을 젖힌다.

"네, 물론이죠. 안녕하세요, 선생님."

인큐베이터 바로 옆에 놓여 있는 일인용 소파에 앉은 케일리 엄마의 얼굴이 밝다. 속옷만 입은 엄마의 가슴 위로 손바닥보다 조금 큰 아기가 고개를 한쪽으로 돌린 채 엎드린 상태로 안겨 있다. 1킬로그램 남짓한 케일리의 입안에는 투명한 기관 내 삽관 튜브가 들어차 있다. 케일리 등 뒤로는 담요를 둘러 아기와 엄마를 따뜻이 보호한다. 여러 의료 장비는 테이프로 고정해 실수로 튜브나 줄이 빠지는 것을 방지한다.

24주에 태어난 케일리는 세상에 나온 지 이제 한 달쯤 되었다. 초기에 필요했던 인공호흡기를 뗀 뒤로도 잘 크고 있었다. 최근 호흡이 불안정해지는 바람에 다시 인공호흡기를 달았다. 다른 병원에서는 혹시나 삽관 튜브가 빠질까 봐 부모가 아기를 안지 못하게 하기도 한다. 우리 병원은 아기가 크게 아픈 상태가 아니면, 삽관 튜브와 배꼽에 중심정맥관과 중심동맥관이 있더라도 안는 것을 막지 않는다. (다른 분야의 의사나 심지어 같은 과 의사들도 놀라는 사실로, 우리 병원 '졸업생'의 경과가 좋은 이유 중 하나라고 본다.) 이런 배려로 엄마는 케일리를 안고 맨살을 맞대며 교감할 수 있었다.

회진을 돌거나 아기 부모와 상담을 하러 병실에 들어가면, 케일리 엄마처럼 아기를 안고 있는 부모를 볼 수 있다. 신생아중환자실에서 내가 좋아하는 장면 중 하나다. 아기의 상태가 심각하게 불안정하면 어느 누구도 아기를 안을 수 없기 때문이다. 그래서인지 엄마 아빠가 조심스레 아기를 안고 있는 모습, 그 모습이 내 눈에 들어오면 울컥하고 올라오는 오묘한 감정이 있다.

의료진에게 선물 같은 이 풍경은 아기와 부모에게도 따뜻함, 그 이상이다. 부모에게는 행복을 아기에게는 좋은 효과를 준다.[7] 아기의 심장박동수와 호흡은 안정을 찾고 잠도 더 잘 잔다. 특히 엄마의 심장 소리에 익숙한 아기에게는 마치 아기집에 있는 듯한 편안함이 찾아온다. 시술이 있다면, 혹시 있을 고통을 줄여주기도 한다. 아기 몸의 스트레스 호르몬 분비도 줄여주고, 엄마의 옥시토신 분비량을 높여 모유량을 늘려주는 역할도 톡톡히 한다.

신생아중환자실에서 중요한 역할을 하는 아기와의 피부 접촉을 '캥거루 케어'라고 부른다. 캥거루 케어는 1970년대 콜롬비아 보고타에서 시작되었다. 당시 인력과 자원이 부족했기에 미숙아의 사망률이 높이 치솟았다. 어느 마을 유모에게서 아이디어를 얻은 두 의사가 병원에서 캥거루 케어를 시도하자, 사망률이 70퍼센트 이상 낮아졌다. 인큐베이터가 상대적으로 부족한 나라에서 캥거루 케어를 통해 미숙아를 살리는 과정을 유니세프에서 적극적으로 홍보했다.[8] 세계보건기구에 의하면 매년 캥거루 케어를 통해 15만 명의 아기를 살릴 수 있다고 한다. 아프리카의 한 병원은 아예 병원 공간 일부를 캥거루 케어 병동으로 바꿔 엄마 아빠가 아기를 하루 종일 품고 지낸다. 같은 처지의 부모와 함께 지내며 공동체를 이루고 무엇이든 함께한다. 병원 안에서도 하나의 마을을 형성해 아기를 함께 기른다.

만약 부모가 의학적, 사회적, 또는 개인적 이유로 아기를 자주 안을 수 없다면? 병원 봉사자가 부모의 허락하에 아기를 안을 수 있다. 부모의 냄새나 목소리, 심장 소리와는 다르지만, 대부분의 아기는 안겨서 평화롭게 쉬거나 잠을 잔다. 우리 병원에서는 봉사자를 뽑는 기준도 꽤나 까다롭다. 16세 이상으로 최소 100시간 이상 봉사해야 하며, 매주 해야 한다는 조건이 붙는다. 당연히 예방접종을 마쳐야 하고 결핵 검사도 통과해야 한다. 소변으로 약물 복용 여부도 확인한다.

병원에는 젊은 봉사자들이 많은 편인데, 캥거루 케어를 하는 이들은 주로 백발의 할머니 할아버지다. 워낙 소중히 아기를 대하며 안고 있는 데다 아기에게 말을 걸고 있어 가끔 조부모와 헷갈리기도 한다. 나와 핏줄로 연결되어 있지 않더라도 이 아기가 누군가에게는 자신의 목숨보다 소중한 존재란 걸 잘 알고 있어서이다. 봉사자들이 과거에 키웠던 아기의 모습, 그리고 그 아이가 자라 낳은 손주의 모습을 하고 있어 그럴지도 모른다. 내가 벨라와 브라이언의 어릴 적 사진을 자주 보며 그 시절을 그리워하는 것처럼, 그들도 그때를 기억하고 그리워하는 듯하다.

케일리는 생각보다 빨리 회복했다. 며칠 뒤에는 인공호흡기를 떼도 전혀 문제가 없을 정도였다. 몇 주나 지났을까. 그 자그맣던 아기가 잘 자라 숨을 쌕쌕 쉬며 힘차게 젖을 빨고 있었다. 지난달에는 혼자서 숨조차 쉴 수 없었는데 말이다. 통통하게 살이 오른 핑크빛 볼과 팔다리를 보고 있자니 온몸에 전율이 일었다. 매일같이 찾아와 케일리를 가슴에 올리고 어루만진 엄마와 아빠의 정성을 안 듯, 곧 케일리는 집으로 퇴원했다. 퇴원 날, 가족 모두의 얼굴이 유달리 빛났던 것도 다 캥거루 케어 덕분이지 않았을까.

공감

수업

펠로우 과정 중 매주 하루는 오후 1시부터 5시까지 교육을 받았다. 교수님들의 강의가 대부분이었으나 가끔 역할극처럼 능동적으로 참여하는 시간도 있었다. 임상심리학 박사 밑에서 수련하며 심리상담을 공부하는 대학원생들의 도움을 받아 아기 가족과 상담하는 법을 배웠다. 실제 사례를 각색한 시나리오를 읽고 역할을 분담해 대화를 나눴다.

대학원생들이 아기의 엄마와 아빠로 분해 화를 내기도 눈물을 쏟기도 하며 역할에 몰두했다. 나도 주치의 역할을 맡아 아기의 상태를 설명하며 힘든 소식을 전했다. 아기가 처한 절망적인 상태, 그리고 슬픔 속에서 어려운 선택을 해야만 하는 부모와 그 선택을 종용해야 하는 의사. 처음엔 엄청난 압박감이 몰려왔다. 실제인 양 상황을 전달하고 그에 따른 치료 방향을 이야기하자, 그들이 느끼는 절망, 공포, 슬픔이 다가와 눈물이 쏟아져 나왔다. 그들도 내 손을 맞잡고 울었다. 시나리오를 따라 부모와 의사 역할을 하고 있을 뿐인데 모두가 울었다.

마침내 아기에게 가장 고통을 덜 주는 완화치료에 부모가 동의하는 것으로 우리의 '상담'이 끝났다. 담당 교수님은 우리의 '연극'에 칭찬을 아끼지 않았다. 한편 실제 현장에서 마주했던 문제를 역할극에 적용해 보며 또 다른 돌파구를 찾을 수 있었다. 함께 수련하는 다른 펠로우들이 대화하는 방식을 보며 배우는 것도 적지 않았다. 평소에 이런 상황을 어려워하던 동료는 연습을 통해 더 나은 방법을 배우고 자신감도 얻었다며 탄복했다.

공감은 과연 배울 수 있는 감정일까? 하버드대학교 의과대학 교수 헬렌 리스Helen Riess는 저서 『최고의 나를 만드는 공감 능력』에서 공감력은 10~30퍼센트 정도 유전적인 영향을 받기는 하지만, 다른 복합적인 요인에 따라 바뀔 수 있다고 주장했다. 나이, 성별, 환경적 요소, 경험 등이 해당한다. 그리고 아이가 태어나면 대개 공감력이 높아진다고 한다. 부모가 되면 아이에게 모범을 보이고 싶어 하기 때문이다. 리스 교수는 훈련 프로그램을 만들어 의사들에게 환자의 감정을 파악하는 법을 가르쳤다. 또 자신의 감정에 대응하고 조절할 수 있도록 도왔다. 환자들은 이 프로그램을 거친 의사들의 공감 지수를 더 높게 평가했다.

네덜란드의 신경과학자 크리스티안 카이저스Christian Keysers는 사이코패스에게도 공감을 가르칠 수 있다고 주장했다. 공감 능력 자체가 존재하지 않는 것이 아니라 그 능력을 스스로는 사용하지 않는다고. 사이코패스는 고통을 겪는 사람을 봐도 여느 사람들과 달리 공감하는 두뇌 부위가 활성화되지 않았다. 하지만 연구자가 공감하라고 요구하자, 공감 반응을 보임과 동시에 공감 부위가 활성화되었다. 공감 능력은 동기에 따라 향상될 수 있는 것으로 보인다고 카이저스는 덧붙였다.

내가 몇 주 동안 돌보던 이지키얼이 죽음의 언저리에 섰을 때다. 초미숙아였지만 초기 고비를 넘기고 잘 크던 중 갑자기 패혈증이 찾아왔다. 손을 쓸 수 없을 만큼 상태가 나빠졌다. 가능한 치료를 모두 쏟아부었다. 그래도 나아지지 않았다. 황급히 달려온 완화치료팀과 우리 신생아중환자실 팀은 완화치료법을 모색하고 부모와의 상담을 준비했다. 우리 팀의 펠로우는 이런 상담을 몇 번 해본 적은 있지만 경험이 많지 않아 무척이나 긴장하고 있었다.

다행히 나는 펠로우 과정 중 완화치료에 관심이 많은 멘토를 만나 좀 더 많은 가르침을 받았다. 개인적으로 완화치료 콘퍼런스에 참여하기도 했고, 매달 온라인으로 만나 완화치료에 대해 논의하는 전미 어린이 병원 네트워크 소속 교수들로부터 완화치료 방안을 배우고 있었다. 더군다나 블랙 클라우드의 저주로 비슷한 경험을 손에 꼽을 수 없을 만큼 많이 했다. 그 경험을 토대로 펠로우에게 무엇을 주의해야 하고 특별히 신경 써야 할지 자세히 알려주었다. 상대와 눈을 맞추고 부드러운 표정을 지으며 약간 몸을 앞으로 기울여야 한다고. 신체 언어는 말보다 강력하다고.

"우리가 의대에서 또 수련 중에 얻는 의학 지식은 누구나 배울 수 있어요. 하지만 가장 중요한 건 가족이 힘들어할 때 그들의 마음을 헤아려주고 보살펴 주는 거예요. 잠시 말이 끊겨도 부모가 울어도 당황하지 말아요. 그저 들어주는 것만으로도 위로가 될 때가 있으니까요. 침묵 자체가 위로가 될 수도 있고, 다음 단계로 가는 과정 중 하나일 수도 있어요. 귀 기울여 듣는다는 건 말이 아니라 마음을 듣고 나누는 거예요. 우리가 부모의 감정을 알고 있다는 것, 이지키얼이 아파 우리도 아프다는 걸 알려주는 것도 중요해요. 진심은 통하기 마련이에요. 그다음에 어떤 치료가 도움이 되는지를 의논하면 돼요."

상담을 위해 준비된 방으로 들어갔다. 펠로우는 원만하게 상담을 마쳤다. 함께 들어갔던 나는 상담이 끝난 후 그에게 피드백을 주었다. 내가 나의 멘토에게 배웠던 것처럼.

안타깝게도 의대에서도, 졸업 후 수련을 받을 때도 완화치료에 대해 깊게 배우지 않는다. 주변의 도움이 없거나 스스로 공부하지 않으면, 환자 인생에서 더없이 중요한 순간에 의사의 역할을 충분히 하지 못할 수도 있다. 인생의 마지막에 다다른 환자와 가족에게 꼭 맞는 돌봄을 제공하는 것은 무엇보다 중요하다. 나 역시 말기에 완화치료를 제공해

준 성모병원 호스피스 케어 덕분에 아버지와 아름다운 추억을 만들 수 있었다. 그 마지막 장면이 사랑과 숭고함으로 가득 차 버틸 수 있었는지도 모른다.

의료진의 공감 그리고 적절한 완화치료야말로 세상 마지막 길을 축복하는 하나의 방법이자 의료진이 꼭 배워야 할 수업이 아닐까. 아인슈타인이 널리 알린 말처럼 "타인의 기쁨에 기뻐하고, 타인의 아픔에 아파하는 것, 이것이야말로 인간을 이끄는 최고의 지도자다".

닥터 황
말고

그냥
스텔라

대부분 아니 거의 모든 의사들이 닥터 리 아니면 닥터 윌리엄스 이렇게 불리기를 바란다. 병원, 특히 의사 사회는 상하관계가 확실하다. 물론 미국이 한국보다는 훨씬 덜할 거라고 생각하지만, 수평적인 관계가 일반적인 미국에서 의사들의 철저한 계급 문화는 매우 두드러진다. 군대를 제외하고는 유일무이하지 않을까 싶다.

내가 레지던트였을 때, 소아중환자실 교수님께서 자신의 성이 아니라 이름으로 부르라 하셨다. 그냥 '바니'라고 부르라고. 그것도 딱 몇 명의 제자에게만 말이다. 왠지 선택받은 듯한 느낌, 나를 동등한 상대로 대우해 주는 느낌에 놀라움과 감동이 밀려왔다. 자고로 병원에서 레지던트란 피라미드로 치면 바닥 아래 지하실쯤 될까. 교수님이 소리를 질러도, 환자나 다른 의료진들 앞에서 면박을 줘도 이름 없는 레지던트는 벌게진 얼굴로 감내하는 게 당연한 때였다. (지금은 상황이 좀 나아졌지만 안타깝게도 이런 일이 아예 없지는 않다.) 병원에선 아무것도 아니었던 나를 존중해 주는 교수님이 한 분 있다는 사실만으로도 마치 명의가 된 것 같은 기분이 들었다. 다른 사람들에게 또 당사자에게 '바니'라고 부를 수 있는 작은 영광의 순간들이 내심 자랑스러웠다.

레지던트와 펠로우 과정을 수료하는 동안에는 대부분 로라, 티나 이렇게 이름으로 불린다. 그런데 펠로우 과정을 마치고 교수 직함을 다는 순간부터는 동료 의사들을 빼고는 모두 닥터 앳킨스, 닥터 킴이라고 부르기 시작한다. 나는 어쩌다 보니 레지던트로 일한 병원에서 펠로우로, 또 펠로우로 일한 병원에서 교수로 일하기 시작했다. 같이 일하던 간호사들은 변함없이 나를 스텔라라고 불렀다. 그게 좋았다. 새로 들어온 간호사나 직원들이 닥터 황이라고 부르면 나는 그냥 스텔라라고 불러달라고 한다. 가끔 움찔하며 놀라는 사람도, 스텔라라고 부르기까지 시간이 걸리는 사람도 있다. 끝까지 닥터 황이라고 부르는 고집불통은 어디에나 있고.

"몇 년 동안 고생해서 의대 다니고 수련까지 마쳤잖아요. 이제 교수 달았으니 닥터 황이라고 불려야 해요."

"간호대도 그렇게 몇 년씩 다녔잖아요? 그냥 스텔라라고 부르세요."

거기에 질 수 없는 황(소)고집은 이렇게 답하곤 한다.

교수도 사람인지라 실수를 할 때도 있다. 그럼에도 상하 관계가 워낙 확실한 분위기라 대부분은 입은 다문다. 난 그런 관계를 원치 않았다. 내가 리더이기는 하지만 수련 중인 의사, 간호사, 호흡치료사, 약사, 영양사, 그리고 물리치료사들과 동등한 관계로 일하고 싶었다. 내가 의대생일 때부터 중환자실에 끌린 이유도 다양한 분야의 전문가들이 팀을 이뤄 생명을 구하고 치료하는 곳이기 때문이었다. 함께해야 할 수 있는 것이고, 함께해서 더 웅고한 일이니까.

백발의 동료 의사들은 닥터 황이라고 불려야 한다고 그

래야 위상이 서고 존경받을 수 있다고 했다. 과연 그럴까? 그 위상과 존경은 내가 치료하고 구하는 아기들이 주는 것이라 믿는다. 그래서 여전히 모든 의료진에게 스텔라로 불리고 있다. 의대생은 물론이고 모든 중환자실 직원들에게 나는 여전히 스텔라다. 나를 스텔라라고 부르면서 내가 그들을 동등한 동료로 인식하고 있다는 걸 알아주길 바란다. 혹시나 내가 실수를 하면, 의료계의 병폐인 상하 관계가 걸림돌이 되지 않길 바라며.

+++

물론 환자와 보호자에게는 '닥터' 황이라고 소개합니다. 병원에서는 흔한 수술복을 입은 작은 동양 여자이기 때문에 대부분 저를 간호사나 약사, 아니면 청소하는 사람이라고 봅니다. 의사라고 생각하는 사람은 드물어요. 의사라고 크게 쓰인 배지를 달고 다니면 보통 레지던트라고 여깁니다. 그렇지만 뭐 어때요? 어차피 제 환자들은 아직 글도 못 읽고 제 얼굴조차 희미하게 보이는 갓난아기들뿐인 걸요.

제 안에
태풍이

몰아치고
있어요

"하나 둘 셋 숨 쉬고, 하나 둘 셋 숨 쉬고."

"자, 이제 심장박동수가 어떻게 되죠?"

"아직 60 미만입니다."

아기는 보통 심장박동수가 어른보다 높다. 높게는 180까지 오르고, 낮게는 80까지 내려간다. 60 미만은 쉽게 말해 심폐소생술이 필요한 응급 상황이다.

"다시 가슴 압박 시작하세요. 지금 3분 됐죠? 두 번째 에피네프린(강심제 역할을 하는 약물) 투약하세요."

"현재 2시 23분, 두 번째 에피네프린 들어갔습니다."

"네, 이제 수액 30밀리리터 투여해 주세요."

"하나 둘 셋 숨 쉬고, 하나 둘 셋 숨 쉬고, 하나 둘 셋 숨 쉬고…."

구령에 맞춰 간호사의 엄지손가락이 손바닥보다 작은 아기의 가슴을 꾹꾹 눌렀다. 반동으로 온몸이 흔들린 아기는 마치 몸부림치는 것처럼 보였다. 마지막 삶의 몸부림이 이런 아련하고 슬픈 춤사위일까. 시퍼렇다 못해 보랏빛이 돌았던 아기의 심장박동수가 올라오고 산소포화도도 조금씩 올라왔다.

"이제 가슴 압박 중지하시고, 인공호흡기 연결해 주세요."

급박했던 상황이 끝나고 잠시 모니터를 쳐다보고 있자, 간호사가 다가와 살짝 어깨를 감싸며 속삭이듯 말했다.

"침착하게 이끌어줘서 고마워요."

나는 아무렇지 않은 듯 싱긋 미소로 답한다.

응급 상황이 있을 때마다 간호사들은 대단하다고 치켜세워 준다. 다른 의사와 달리 차분하게 대처한다고. 그럴 때마다 난 속으로 생각한다.

'제 안에는 지금 만 개의 소용돌이가 있어요. 제 심장박동수가 보통 50~80 정도예요. 격한 운동을 해도 140 이상 잘 안 올라가는 제 심장박동수가 지금 거의 160입니다. 가뜩이나 부정맥이 있는데 잠깐 부정맥이 온 건가 싶었어요. 혹시나 해서 배에 힘을 꽉 줘봤습니다. 평소 같으면 바로 떨어지는 심장박동수가 그대로여서 이게 부정맥이 아니라 내가 흥분한 걸 알았어요.'

나라고 다른 사람들처럼 두렵고 떨리지 않을까. 가끔은 주저앉아 버리고 도망가고 싶기까지 하다. 수백 명 앞에서 논문을 발표하는 것보다 훨씬 떨린다. 실제로 손이 덜덜거리고 목소리가 갈라질 때도 있다.

아주 가끔씩 예상치 못한 응급 상황이 병원에서 일어난다. 신생아중환자실 아기 중 한 명의 피부색이 점점 칙칙해지더니 회색빛으로 변한다. 잠시나마 버티던 심장박동수가 점차 떨어진다. 간호사는 떨리는 손가락으로 벽에 붙은 빨간 버튼을 가까스로 누른다. 신생아중환자실에 있는 업무용 휴대전화가 정신을 번쩍 들게 하는 요란한 소리를 일제히 쏟아낸다. 당직실에 있던 의사들도 시끄러운 소리를 내지르는 휴대전화를 집어 들고 중환자실로 내달린다. 병원 곳곳에서 업무를 보던 다른 의료진도 귀를 찌르는 소리에 뛰쳐나와 중환자실로 향한다.

이미 시작된 심폐소생술에 담당 의사는 리더 스티커를 가슴에 붙인다. 스티커의 무게가 생명의 무게로 느껴진다. 간호사들과 호흡치료사들도 역할을 분담한다. 곧 약사도 도착한다. 필요한 약품을 순식간에 덜어내 간호사에게 건네준다. 담당 의사는 최소한의 시간 안에 최대한의 가능성을 열어 최고 속도로 머리를 움직인다. 아기의 상태가 갑자기 악화된 이유를 찾아야 한다. 자주 보는 원인부터 드문 요인까지 찾는다.

하나씩 시도하고 분투하다 보면 드디어 출구가 나온다. 아기의 심장박동수가 올라온다. 얼굴에 점차 혈색이 돌기 시작한다. 모두 가슴을 졸이고 사력을 다하다, 조금씩 움직이는 심장박동수와 산소포화도에 안도의 숨을 뱉는다. 수많은 의료진의 노력으로 생사의 경계를 걷던 아기는 생의 구역으로 돌아온다. 지난 몇 분간 머리를 스쳤던 무수한 가능성과 걱정은 담당 의사의 수명을 조금 덜어 간다. 모두가 똑같은 진심으로 최선을 다해도 생사의 책임은 담당 의사의 손에 떨어지기에.

한동안 몰아친 태풍 뒤에 남은 자상은 그 크기만큼 깊다. 사무치는 두려움에 떨 수밖에 없는 작은 존재가 된다. 담당 의사 가슴팍에 붙은 '리더'라는 스티커가 가끔 무거운 돌덩이같이 느껴진다. 떼어낼 수 없는 굴레같이 옭아맨다. 응급 상황이 해결되면 '리더' 스티커를 뗄 때의 쾌감은 짜릿하다. 반대로 시퍼런 아기가 납빛이 되어 심장이 영영 멎으면 '리더' 스티커의 끈끈함 때문에 그 기억을 떼고 싶어도 떼어내지 못하는 못난 의사가 된다. 그렇게 차가워진 아기를 안고 우는 것밖에는 도리가 없는 부족한 인간으로 남는 때가 있다.

어떤 태풍이 언제 내게 올지는 아무도 모른다. 태풍이 세차게 몰아치고 그 잔해가 아무리 내 안팎에서 뒹굴어도 내가 할 수 있는 것은 오로지 하나다. 담담함을 무장해 잠시 태풍의 눈이 되는 것. 그뿐이다.

나와 같은
운명의

사람들과
함께

자주 보는 유전학과 의사 리처드가 영 평소답지 않다. 늘 도움을 청하는 사람은 바로 나인데, 왜 나를 저리 바라볼까. 마주칠 때마다 반짝이는 눈빛으로 나를 우러러본다. 어느 날 갑자기 시작된 경외의 눈빛. 한참 지나서야 이유를 알게 되었다.

"지난번에 협진 신청한 아기 환자 말이에요. 안타깝게도 결국 죽었지만, 그 전에 제가 환자를 보러 신생아중환자실에 갔거든요. 그때 심폐소생술 하는 거 봤는데 정말 대단했어요. 열 명 넘는 사람들을 하나하나 부르면서 오더를 내리는데, 정말 인상 깊었어요. 저한테는 슈퍼히어로로 보였다니까요."

궁금했지만 차마 묻지 못했다. 나를 왜 그리 쳐다보느냐고. 그 특별한 눈빛은 눈치 없는 나조차도 놓칠 수 없을 정도였으니까. 어느 날 듣게 된 그의 이야기에 의문이 풀렸다. 그에게는 내가 어떤 사람으로 보였던 걸까. 그 심폐소생술 뒤로 내가 걸은 지옥의 길을 안다면 그런 눈빛을 보내지 못할 텐데. 나를 무척이나 애처롭게 생각할 텐데.

작디작은 아기가 심각한 상태에 빠졌다. 급기야 심폐소생술이 필요했다. 나아지고 나빠지기를 반복하다 끝내 우리를 떠나고 말았다. 신생아중환자실에서 심폐소생술은 생각보다 드물다. 아기가 생사를 오가면 대부분 완화치료로 돌리고, 부모는 아기를 안고 편안하게 보내준다. 심폐소생술도 오래 하지 않는다. 이미 죽음의 강을 건넌 아기는 다시 돌아오지 않기 때문이다. 이 아기는 급작스러운 호흡 부전으로 세상을 떠나고 말았다. 심폐소생술을 하면서도 약간의 호전이 종종 보였다. 그런데 희망이 솟을라치면 절망이 뒤덮었다. 최선을 다해 치료했지만 그러기엔 아기가 너무 작았다. 너무 아팠다.

혹시나 아기의 상황이 악화되기 전 작은 기색을 놓친 건 아닌가 싶어 괴로움만 남았다. 한동안 차트를 뒤지고 멘토, 다른 동료들과 끝없이 토론했다. 결론적으로 어느 누구도 놓친 것도, 방지할 대책도, 상황을 바꿀 만한 다른 치료도 없었다. 시간이라는 명약이 나를 조금 치유해 주었다. 한동안 눈물과 슬픔이 멈추지 않았지만 어느 정도 시간이 지나자 나아진 것 같았다.

리처드의 이야기에 다시 떠올리고 싶지 않은 기억이 수면 위로 불쑥 올라왔다. 아기의 마지막이었던 심폐소생술을 본 그가 나를 칭찬하고 있다는 게 모순적으로 느껴졌다. 미소로 응답하고 잠시 담소를 나누다 헤어졌다. 차마 말할 수 없었다. 그 이후 내가 얼마나 괴로웠는지, 어떤 감옥에서 얼마나 오래 살았는지 말이다. 말갛게 웃는 그가 부러워지기 시작했다. 나도 죽음을 만지지 않는, 죽음과 멀리 떨어진 의사가 되고 싶다. 하지만 오로지 그 이유로, 두려움과 괴로움에서 벗어나기 위해 신생아분과를 포기하고 싶지는 않다.

모든 죽음이 힘겹지만 그래도 나의 치료로 나아지는 아

기들이 무수히 많고, 내가 도울 수 있는 가족도 있다. 힘들지만 신생아중환자실을 떠날 수 없다. 그래서 신생아중환자실에 남는다. 나와 같은 운명의 사람들과 함께 그 짐을 나누어 지면서.

+++

요즘도 리처드는 저만 보면 경외의 눈빛 아니, 사랑의 눈빛을 보냅니다. 저희 사연을 모르는 사람은 오해할 수도 있을 만큼요. 솔직히 조금 부담스럽기까지 합니다. 하지만 그가 그런 눈빛으로 저를 바라보고 다정한 인사를 건넬 때마다 저는 기억합니다. 그 아기를 꼭 살리고 싶었던 저의 간절함을, 함께했던 간호사와 호흡치료사의 간절함을요. 그리고 병실 밖에서 응원을 보냈던 리처드의 마음도요.

우리는
결코

신이 될 수
없어

"괜찮아. 네 잘못이 아니야. 누구라도 같은 결정을 내렸을 거야. 우리는 신이 아니잖아. 피할 수 없는 죽음이라는 게 있어. 절대 네 잘못이 아니야. 네가 열심히 포기하지 않고 돌봐서 가족들이 그만큼이라도 시간을 보낼 수 있었잖아. 네가 진짜 열심히 했다는 거 다 알아. 고생했어."

　힘든 밤을 보낸 동료에게 진심을 담아 전하는 말이다. 나에게는 결코 하지 않는 말이기도 하다. 신생아중환자실에 있다 보면, 온 마음과 몸을 바쳐 치료해도 사라지는 생명 때문에 슬픔에 빠질 때가 있다. 똑같은 상황에서 동료에게는 아낌없는 사랑과 지지를 보낸다. 잘잘못을 따지기는커녕 위로의 말만 건넨다. 말이 필요하지 않은 상황이라면 조용히 곁을 지키며 무언의 위로를 나눈다. 그런데 왜 내게 일어난 일에는 매정하게 비난하고 책망만 하는가. 주변에는 이해와 공감 그리고 끝없는 지지를 보내면서, 나에게는 왜 이토록 인색한가.

자기 공감self-compassion은 타인에 대한 공감만큼이나 중요하다. 비행기를 타면 나오는 안내 방송도 말하지 않는가. 본인이 먼저 산소마스크를 쓰고 아이를 도우라고. 우리가 산소 부족으로 의식을 먼저 잃는다면 소중한 아이에게 산소마스크를 씌워줄 수조차 없다. 나에게 공감하지 못하는 사람은 다른 이에게 공감할 여력이 없을지도 모른다. 더욱이 자기 공감 부족으로 스트레스가 높은 사람은 뇌의 거울신경(타인의 행동을 관찰하고 이해하는 신경세포) 신호가 줄어들어 공감력 자체가 떨어진다.[9]

자기 공감은 자기 연민self-pity과는 전혀 같지 않다. 대부분 사람들이 자기 공감에 인색한 이유는 자기 공감을 자기 연민으로 오해하기 때문이다. 자기 연민은 타인으로부터 자신을 떼어내 나의 감정을 앞세우고 자신의 괴로움을 부풀리는 것이다. 반면 자기 공감은 내 안을 들여다보고 어느 정도 감정을 조절해 자신의 괴로움에 대한 방안을 찾는 것이다. 내가 타인에게 아낌없이 주는 공감이 누군가에게 절대적으로 필요한 것이라면, 나 자신에게도 어느 정도의 공감은 허락해 줘야 하지 않을까. 나도 남들처럼 공감이 필요하다. 인간이기에 실수도 하고 인간으로서 침범할 수 없는 신의 영역이 있다는 것도 받아들여야 한다.

크리스틴 네프Kristin Neff 박사는 자기 공감이라는 주제를 깊게 탐구했다.[10] 무엇보다 본인에게도 친절하라고 가르친다. 자기 자신에게 보내는 공감은 타인을 향한 공감과 진배없다. 괴로울 때, 실패했을 때, 스스로 쓸모없다고 느낄 때면 무턱대고 비난하지만 말고, 따뜻하게 이해하고 안아줘야 한다. 자기 공감을 잘하는 사람은 자신이 불완전하고 언제든지 실패할 수 있음을 받아들인다. 살면서 피할 수 없는 장애물이 있다는 걸 인정한다.

나만 고통을 겪고 있다고 생각하면 더 아프게 다가온다. 모든 인간은 생사고락을 겪는다. 나도 다른 사람들과 마찬가지로 고통을 겪는다고 생각하면 조금 덜 외롭다. 현재의 고통이 덜 힘겹게 다가온다. 마음챙김은 부정적인 생각을 그저 관찰하는 데에서 시작한다. 비난하지 않는 상태로 받아들이되 감정을 확대 해석하지 않는 데 집중한다. 부정적인 감정의 파도가 나를 삼켜버리게 내버려 두어서는 안 된다.

무엇보다 몸과 마음이 피곤하지 않아야 타인에게 공감하고 자애롭게 대할 수 있다. 스트레스를 받는 상황에서는 몸에서 코르티솔과 아드레날린이 솟구친다. 이런 상태가 유지되면 뇌에 과도한 신경전달물질 반응이 일어난다. 몸 곳곳에 염증을 일으키고 건강을 악화시키기도 한다. 심각해지면 뇌가 위축되어 크기 자체가 작아진다. 또 염색체 끝에 붙어 있는 텔로미어를 짧게 변형시켜 수명도 줄어든다. 결국 몸의 건강도 정신 건강에서 시작된다. 자기 공감은 스트레스 호르몬 분비를 줄여 종국엔 몸과 마음의 건강 모두 챙겨준다. 게다가 회복탄력성을 높여줘 다시 일어나게 돕는다. 그런고로 나도 돕지만 내가 포기하지 않고 환자를 살리게, 앞으로 또 다른 환자들을 살릴 수 있도록 병원으로 돌아가게 돕는다.

나는 자기 비난이 심한 편이다. 나쁜 일이 일어나면 주로 내 탓을 한다. 내 안 깊은 곳에서 부정적인 감정이 서슴없이 치고 올라올 때도 많다. 소중한 아기를 잃으면 아침에 만난 동료를 붙잡고 엉엉 운다. 유독 아픈 아침, 가까운 동료가 보다 못해 내게 말했다.

"만약에 내가 너였다면, 무슨 말을 해주겠어? 똑같은 말로 너 자신을 위로해 줘. 누구에게나 전하는 진심을 네게도 전해봐."

그렇다. 나는 모든 사람을 이해하고 공감하려고 노력한다. 단 한 사람, 나 자신만 빼놓고. 하지만 내가 가장 잘 이해하고 사랑해야 하는 사람은 내가 아니던가. 그날 아침, 아프게 얻은 깨달음으로, 나의 괴로움은 한결 줄었다. 다른 사람에게 하듯 나에게도 공감하려고 노력하지만 쉽지는 않다. 자꾸만 자책과 책망에 사로잡히고 내 안의 비난자가 속출한다. 그러면 다시 눈을 감고, 내가 타인인 듯 달래준다.

"네 잘못이 아니야. 너는 최선을 다했어. 우리는 결코 신이 될 수 없어."

공감 피로를

이겨내는
법

클로이는 25주 차에 태어났다. 극도로 작은 초미숙아였다. 어렵게 인공호흡기를 떼고 차근차근 위로 넣어주는 모유의 양을 늘려가고 있었다. 한동안 호흡에 도움이 필요했지만, 몸무게도 잘 오르고 큰 문제는 없었다.

어느 날 아침, 클로이의 대변이 새빨간 피로 물들어 있었다. 곧바로 엑스레이를 찍었다. 까만 엑스레이에는 드문드문 괴사성 장염이 의심되는 징후가 보였다. 심하면 목숨까지 잃게 되는 무서운 질환이라, 서둘러 피 검사를 하고 항생제를 투약했다. 다행히 수술까지는 필요 없었지만 꼬박 열흘 동안 단식을 하고 항생제를 맞아야만 했다. 곁에서 클로이를 안고 속을 태우던 엄마는 다시 모유를 넣어줄 수 있게 되자 희망의 미소를 지었다. 클로이를 분만실에서부터 돌봐온 간호사 셜리도 클로이의 상태에 따라 마음 졸이길 반복했다.

소량의 모유가 살살 들어가고 셜리도 클로이가 낫고 있다고 믿었다. 아니, 믿고 싶었을 것이다. 몇 번의 모유가 들어가자 클로이의 배가 부풀어 오르고 호흡이 흔들리기 시작했다. 서둘러 기도 삽관을 다시 하고 인공호흡기를 달았다. 엑스레이상으로도 부풀어 오른 장들이 배를 빼곡히 채우고 있었다. 최대한의 치료가 이뤄지고 있는데도 상황이 좋지 못했다.

상태가 악화된 지 몇 시간 지나지 않아, 클로이의 심장이 멎었다. 엄마의 슬픔은 이루 말할 수 없었다. 몇 주 동안 클로이를 돌본 의료진 모두 힘들어했다. 애착이 유독 강했던 셜리는 끝없이 눈물을 흘렸다. 며칠 후 신생아중환자실로 돌아온 셜리는 맡은 업무를 해내기 힘들 정도로 괴로워했다. 집에서도 자꾸 떠오르는 클로이의 모습에 도저히 쉴 수 없었다고 울음을 터뜨렸다. 결국 셜리를 집으로 돌려보내야만 했다.

신생아중환자실 의료진 중 대다수가 겪는 일이다. 충격적인 장면이 눈앞에서 실제같이 보이는 증상. 나도 예외는 아니다. 생각보다 아주 자주, 매우 오래 끔직한 장면과 영상이 내 눈에만 보이고 머릿속에서 재생된다. 이런 증상은 이차 트라우마로 볼 수 있다. 에든버러대학교 의과대학 교수 데이비드 제프리David Jeffrey에 따르면 공감은 약간의 불편함에서 심각한 괴로움까지 부른다고 한다.[11] 심각한 괴로움이 오래가면 번아웃이 따라오기도 한다. 신생아중환자실 간호사들은 다른 병동에 근무하는 간호사보다 번아웃을 훨씬 더 많이 겪는다.[12] 공감으로 더 나은 돌봄을 제공할 수 있지만 공감이 지나치면 공감 피로에 시달리게 된다. 우울증에 걸릴 확률도 높아지고 환자의 병세가 악화되거나 환자가 죽으면 자기 경멸이 찾아오기도 한다. 종국에는 환자를 비인간화하기도, 냉담으로 무장한 채 일을 하기도 한다.

죽음을 자주 마주하는 종양학과 의사, 앤서니 백Anthony Back에 따르면, 의사가 스트레스를 받고 슬픔 속에 고립되면 본인에게도 환자에게도 악영향을 끼친다.[13] 의사는 번아웃의 위험에 처하고 환자에게는 불필요한 검사와 잘못된 약을 오더하게 된다고 한다. 그는 공감 피로 방지 대책을 만들었다. 자신의 감정을 바라보고, 다른 사람들과 유대감을 형성하고, 자기 돌봄을 실천하는 모의 프로그램을 병원에서 시행했다. 결과적으로 공감 능력과 만족도는 지키면서 번아웃과 이차 트라우마 증상을 감소시켰다. 다른 질병과 마찬가지로 공감 피로도 치유가 가능하다.

과유불급은 공감에도 여지없이 적용된다. 다른 이의 슬픔을 나누고 사려 깊게 남을 배려해야 하지만, 어느 정도의 거리를 지켜야 한다. 애도 중 슬픔은 아픔과 괴로움을 가져다준다. 불교에서 전해져 오는 가르침처럼 "아픔은 피할 수 없지만 괴로움은 선택할 수 있다". 공감 또한 마찬가지다. 공감으로 인한 괴로움은 줄이고 공감에서 나오는 배려를 늘려야 한다. 누군가의 슬픔을 내 감정처럼 느끼고 그의 심신 안정을 위해 노력하는 것, 그것이 제일 중요하다.

셜리도 주변의 지지와 도움으로 신생아중환자실로 복귀할 수 있었다. 모두가 한마음으로 셜리의 복귀를 축하했다. 다들 한 번쯤은 비슷한 경험을 했기에, 셜리의 마음을 이해하고 공감해 주었다. 돌아온 셜리는 초미숙아를 돌보는 지침을 좀 더 정형화해 서면으로 만들고 가장 여린 환자군에게 더 나은 의료가 선행될 수 있도록 앞장섰다. 이를테면 초미숙아가 태어나면 한 시간 안에 해야 할 일의 순서를 적어 반드시 따르도록 했다. 초미숙아 입원마다 '골든 아워'를 지켰는지 확인하고 개선해야 할 점도 의료진과 나누었다. 정상적인 뇌 발달을 위해 생후 3일 동안 지켜야 할 점을 작은 뇌 그림 위에 적어 인큐베이터 옆에 붙여두었다. 초미숙아 케어 시, 주의할 점도 자세히 정리해 신생아중환자실 곳곳에 뿌렸다.

셜리는 '외상 후 성장'의 좋은 예였다. 트라우마를 겪으면 아프지만 아픔 뒤엔 성장이 찾아오기도 한다. 트라우마를 이겨낸 사람들 중 대다수가 겪는다는 이 아름다운 결말[14]은 셜리에게도 또 우리 신생아중환자실에게도 눈부신 발전을 가져다주었다. 또 다른 클로이가 나오지 않도록, 오늘도 최선을 다해 아기들을 돌본다.

회복탄력성의

비밀

먼지가 켜켜이 내려앉은 신생아중환자실 한구석, 발길이 드문 그곳에서 나는 구슬피 울었다. 멀리서 해가 떠오르고 있었다. 햇귀가 나의 눈을 멀게 했으면 좋겠다고 잠시 생각했다. 아기 몸에 난 구멍마다 피가 줄줄 흘러나오던 장면이 떠나지 않았다. 태양에서 나오는 빛이 핏빛으로 변하는 모습을 하염없이 지켜보았다. 지난밤, 열 시간 넘게 단 한 순간도 아기 곁을 떠나지 않았는데… 아기가 떠났다.

　나는 아기에게 지옥을 경험하게 했을까. 편안한 엄마 배에서 나오자마자 너무 큰 고통을 작은 아기에게 주었을까.

내가 모르는 고통도 너에게 갔을까. 갖가지 시술이 필요했던 아기라 더 아렸다. 최대한의 정성을 쏟아 최소한의 고통을 주고 싶었지만, 완벽하게 실패한 밤이었다.

　내가 구할 수 없는 생명이 있다. 그러나 담당 의사였던 나에겐 자책만 남는다. 하나의 죽음은 스치고 지나기만 해도 그 전으로 돌아갈 수 없다. 하물며 죽음을 직접 만지고 느꼈다면, 그 슬픔은 극복할 수 없다. 그냥 짊어지고 갈 뿐이다. 그런 슬픔은 내 몸의 한 부분이 되어 평생을 함께한다. 슬픔의 고개를 넘어 다시 마주한 생명에게 도움이 될 수도 있다는 희망. 그 희망 때문에 자꾸 떨어지는 고개를 들고 그 고개를 넘어간다.

　모든 죽음이 매번 힘겨웠다. 그런데 이 죽음은 더없이 힘겨웠다. 다시는 병원으로 돌아갈 수 없을 것 같았다.

　'나는 회복이란 걸 할 수 있을까. 이제 끝일지도 모르겠다.'

　무너졌다고 생각했는데 끝이 아니었다. 생각보다 빠르게 회복되어 돌아갈 수 있었다. 주변에서도 놀랄 만큼 빠른 회복의 이유는 단순했다.

가까운 이들의 지지.

내가 구석에 숨어 울고 있을 때, 동료 척이 나를 찾아와 울고 있는 나를 안아주었다. 슬픔의 이유를 정확히 알고 있었다. 그도 느끼는 감정이었으니까. 나만 느끼는 슬픔이 아니라는 것을 안 순간, 진정한 위로가 나를 감쌌다.

어느 정도 진정이 되자, 아기를 살리기 위해 고군분투했던 의료진을 모두 모았다. 으레 하는 일이지만, 급작스러운 죽음에 모두 충격을 받은 상태였기에 더욱 절실했다. 솔직히 아무도 몰랐다. 아기의 상태가 바닥을 치고 그 바닥으로 꺼져버릴 줄은. 우선 의학적 처치에 대해 이야기를 나누었다. 그리고 각자 마음을 털어놓았다.

모두의 눈이 젖었다. 눈물이 흘러나와 얼굴을 적시고 있었다. 총괄 지휘하던 내가 가장 괴로울 거라며 내 마음을 헤아려주었다. 내 시술, 처치는 문제가 없었다고 격려해 주었다. 그리고 한 명씩 돌아가며 나를 안아주었다. 혹시나 내가 자책하고 있을까, 내가 과정은 잊고 결과에만 매달려 있을까 진심으로 위로해 주었다. 오랜 시간 함께 일해 믿음이 두터운 간호사와 호흡치료사의 위로로 머리로는 믿기 시작했다. 내 잘못이 아님을, 나는 신이 아니므로 어쩔 수 없는 죽음이라는 게 있다는 것을.

　발달심리학자 에미 베르너Emmy Werner 주도로 40년에 걸쳐 진행된 유명한 종단 연구가 있다. 연구진은 1955년 하와이 카우아이섬에서 태어난 모든 아이들을 추적 조사했는데(1, 2, 10, 18, 32, 40세), 출생 전후 스트레스, 가난, 원만하지 않은 가정환경에 처한 아이들을 고위험군으로 보았다. 성장하면서 가족의 사랑과 신뢰를 받은 아이의 회복탄력성은 높았다. 반면 최악의 가정환경에서 컸지만 눈부신 성장을 한 아이들도 있었다. 예상치 못한 결과에 연구진은 당황했다. 그들이 찾은 차이점은 놀라웠다. 아이의 입장을 전적으로 이해해 주고 받아주는 어른 한 명, 오직 그뿐이었다. 그 지지자가 꼭 가족이 아니어도 상관없었다. 단 한 사람이라도 아낌없는 지지를 보내줬다면 아이의 회복탄력성은 높았다.

　한 사람의 지지만으로도 회복탄력성이 높아지는 현상은 아이에게만 국한되지 않는다. 뱁슨칼리지의 롭 크로스 Rob Cross 교수도 회복탄력성은 전적으로 개인적인 성향이 아니라 단단한 관계와 연대로 강화될 수 있다고 밝혔다.[15]

『강한 정신력 만들기Mastering Mental Toughness』의 저자 조던 윌리엄스Jordan Williams도 회복탄력성은 타인과 깊은 관계를 맺고 의미 있는 연결 고리를 강화함으로써 증진된다고 주장했다. 주변의 지지는 정신 질환의 유전적, 환경적 위험성을 낮춘다.[16] 효과적인 대응 기제를 기르고 여러 신경 생물학적인 요소를 바꾸기 때문이다. 의사와 간호사들에게도 사회적 지지는 그 힘을 발한다.[17] 동료들의 높은 지지는 정서적 고갈을 막고 번아웃을 방지한다. 그날 아침, 나는 밀접한 관계를 맺고 있는 열 명이 넘는 의료진에게서 지지를 받았다. 오직 그 차이 하나로 금세 회복할 수 있었다. 회복탄력성에 탄력이 붙어 단단하게 돌아올 수 있었다.

미국에서

흑인 차별과
동양인 차별

한국에 있을 때는 인종차별이란 나쁜 것, 피부색으로 남을 판단하는 그릇된 행동 정도로 막연히 생각했다. 유학을 떠나기 전, 미국에 가면 동양인이라 인종차별을 받을 것이라고 누군가가 말해줘도 크게 신경을 안 썼다. 솔직히 말해서 단 한 번도 인종차별을 받았다고 느낀 적은 없다. 미국에서 20년 이상 살았지만 비슷한 느낌조차 받지 못했다.

하지만 확실하다. 분명히 겪었을 것이다. 다만 눈치가 너무 없어 몰랐을 뿐이지. 어떤 부당한 일을 당해도 대부분 '나'여서라고 생각하지 '나의 피부색' 때문이라고 생각하지 않는 개인적인 성향 탓이다.

남편은 미국 동부 작은 도시에서 유일무이한 동양인 가족의 둘째 아이로 자라며, 크고 작은 인종차별을 당했다고 한다. 그래서인지 같은 상황에서도 생각이 다를 때가 있다. 레스토랑에서 웨이터가 우리에게 무례하게 굴면, 나는 '오늘 저 사람 기분이 안 좋은가 봐' 하고 넘긴다. 남편은 '우리가 동양인이라서 그래'라고 할 때가 가끔 있다. (주로 남편이 맞는 편이다. 그만큼 나는 눈치가 없다. 실제로 나는 얼마나 많은 인종차별을 겪었을까. 기억에는 전혀 없지만.)

또 하나 착각했던 것은 흑인에 대한 차별이 동양인에 대한 차별과 비슷하다고 생각한 점이다. 미국에서 흑인이 겪는 차별은 동양인 차별에 비할 바가 아니다. 흑인이라는 이유 하나만으로 경찰에게 수색당하거나 유치장에 갇히는 확률 또한 높다.[18] 동양인은 대부분 성실한 이민자라는 이미지가 강해 (물론 백인과 같은 특권은 전혀 없지만) 시민으로 받아들여진다. 친한 친구들이 대부분 동양인이고 드물게 히스패닉과 백인인지라 흑인이 어떤 차별을 겪는지 바로 곁에서는 보지 못했다. 사는 곳도 흑인이 드문 데다 근무하는 병원에서도 흑인 환자는 자주 보지 못한다.

의료에도 차별이 없어야 하지만, 현실은 그렇지 않다. 흑인이라는 이유 하나만으로 산모의 출산 전후 사망률은 백인의 3배가 넘는다.[19] 의료진이 흑인 산모의 의견을 진지하게 듣지 않기 때문이다. 백인 환자가 통증이나 본인 치료에 대한 의견을 말하면 어느 정도 처치에 변화가 생기는 반면, 흑인 환자는 무시당할 확률이 훨씬 더 높다.

과연 어른에게만 국한되는 현상일까? 부끄럽게도 그리고 슬프게도 신생아중환자실에서도 같은 일이 벌어진다. 흑인 아기의 경우, 백인 의사가 아기를 돌보면 사망률이 크게 올랐다. 반면 흑인 의사가 흑인 아기를 담당한 경우, 사망률 차이가 뚝 떨어져 다른 아기들과 차이가 나지 않았다.[20] 게다가 소아기의 스트레스와 트라우마는 몸 곳곳에 새겨져 평생 따라다닐 수 있다는 학설도 존재한다.

미국 소아과 의사 네이딘 버크 해리스Nadine Burke Harris는 저서『불행은 어떻게 질병으로 이어지는가』를 통해 샌프란시스코의 가난한 동네에 진료소를 열고 운영한 경험을 나누었다. 1998년 발표된 '부정적 아동기 경험 연구'[21]를 증거로 들어 어렸을 때의 부정적인 경험이 좋지 않은 건강 상태와 관련 있다고 주장했다. 인생 초기, 고통으로 점철되고 불필요하거나 잘못된 치료가 행해진다면 그 아기의 몸에는 얼마나 많은 장애물이 자리 잡고 앞날에 걸림돌이 될까.

솔직히 말해 나 역시 약간의 차별을 한 기억이 있다. 그래서는 안 되지만 가끔씩 더 마음이 가는 아기와 가족이 있다. 내가 분만실에서 만난 아기와 가족이라서 또는 가족이 나와 같은 처지라서 아니면 단지 부모와 대화가 잘 통해서, 혹은 이미 아기를 잃은 엄마라서. 여러 이유로 관심과 애정을 조금 더 쏟기도 한다. 한국인을 포함해 동양인이나 미국에서 나고 자라지 않은 사람들에게도 자연스레 마음이 간다. 병실에 한 번 더 들어가 확인하기도 하고 차트를 다시 살피기도 한다. 부모와 상담할 때도 조금 더 시간과 정성을 들인다. 같은 이유로 흑인 아기의 경과가 나쁠지도 모른다는 생각이 들자 무척이나 부끄러워졌다. 의료 평등을 이루기 위해 불평등을 받을지도 모르는 사회적 약자, 이민자, 유색인에게 더 마음을 쓰기 시작했다. 비록 한 명의 의사지만 작은 차이를 만들어내길 바라며.

예비 의사의

그림자

우리 병원에는 특별한 프로그램이 있다. 대학생들이 의사들을 말 그대로 졸졸 따라다닌다. 영어로는 'shadow' 한다고 부른다. 그 모습이 마치 그림자 같기 때문이다. 오리 새끼들이 어미를 따라다니는 것만 같아 귀엽기 그지없다. 아무것도 몰라서 어떤 것도 신기한 학생들. 우리의 일상이 그들에게는 별천지가 되곤 한다. 작은 아기들을 어떻게 치료하는지 어떤 검진을 하는지를 보며 깜짝깜짝 놀란다. 나에게는 큰 의미 없이 다가오는 일들이 학생들의 눈을 두 배로 크게 만들고 헉 소리가 나오게 한다. 나의 일거수일투족에 관심을 보이며 따라다니는 그림자들 덕분에 화장실 가기도 눈치 보일 정도다. 혹시나 실수로 잘못된 정보나 그릇된 인상을 줄까 언행도 조심하게 된다. 의대생, 레지던트, 펠로우들과 달리 학부생들은 하얀 캔버스에 가깝기 때문이다.

의대 1, 2학년들도 견학을 위해 자발적으로 우리 병원을 찾는다. 이때는 주로 학교에서 수업을 듣고 3, 4 학년이 되어야 본격적인 실습을 하기에, 특정 과에 관심 있는 학생들은 미리 신청을 거쳐 전공 교수를 쫓아다닌다. 교수들 스케줄이 바쁘다 보니 원하는 학생 수는 많은 데 비해 기회는 늘 적은 편이다. 한번 견학을 한 뒤에는 개인적으로 따로 부탁까지 하며 나를 따라다니는 학생들도 있을 정도다.

이런 열정적인 의대생들을 나는 소아과, 신생아분과 그리고 남편은 내과, 류머티스내과로 유인(?)하기 위해 세세한 계획을 세우기도 한다. 어떻게 하면 이 귀여운 의대생들을 우리 과로 끌어들일지 고민하며 전날 밤 고심해 옷을 고른다. (혹시나 멋져 보이면 우리 과를 선택할까 봐.) 아침에는 커피와 차를 사주고 병원 투어는 물론 맛있는 점심도 대접한다. 우리가 사랑하는 전공을 한 명이라도 더 택하기를 바라면서.

나도 그림자였던 적이 있다. 의대 입학 전 응급실에서 의사를 졸졸 따라다녔다. 그는 무척이나 바빴지만 단 한시도 나를 귀찮아하지 않았다. 나에게 무엇이든지 알려주려고 노력했다. 내 미래에 대한 계획을 들어주고 응원까지 해주었다. 개인적인 과거사와 가족 이야기도 허심탄회하게 나누었다. 의사를 따라다닌다고 생각했지만 실제로는 한 사람의 하루를 함께하고 그에 대해 알아가는 시간이었다. 직업적인 모습만이 아닌 개인적인 모습까지 가감 없이 보여주니, 그는 내가 보고 배워야 할 의사, 내가 언젠가 되고 싶은 의사가 아니라 멋진 한 사람이자 어른으로 다가왔다.

나를 쫓아다니는 대학생들에게 의대에 들어가기 위한 조언도 아낌없이 해주지만, 그저 의사가 되기보다는 좋은 사람, 좋은 의사가 되어야 한다는 걸 꼭 강조한다. 학생들과 이야기를 나누다 보면 의사가 되고 싶어 하는 이유는 제각각이다. 혹시라도 다른 사람을 돕고 치료하는 의사의 본분을 뒤로한 채 의사라는 직업에만 관심을 보인다면, 다른 길을 찾으라고 조언해 준다. 의대를 다니고 있는 예비 의사들에게도 보통 의사와 좋은 의사의 차이를 가르친다. 지식으로 환자를 치료하는 데에 그치지 않고 진심으로 환자와 가족에게 다가가는 진정한 의사의 도리를.

종종 상상한다. 지금 나를 그림자처럼 따르는 학생들이 자라나면 내가 반대로 그들의 그림자가 되어 있지 않을까. 내 주치의나 외과의가 되어 늙은 나를 알아보지 못할지도 모른다는 상상도 해본다. 그래서인지 아무리 내 뒤를 따라다녀도 학생들이 전혀 그림자같이 느껴지지 않는다. 저렇게 두터운 존재감이 느껴지는데, 그저 그림자일 리 없다. 감히 그림자라 칭하지 못하겠다. 시간이 흘러 그들이 하얀 가운을 걸치고 환자와 가족의 마음까지 돌볼 수 있는 그런 의사가 되어 있다면 꿈만 같겠다.

+++

경제 상황이 그리 좋지 않기 때문인지 미국에서도 의대 지원자가 늘었다고 합니다. 경제적 또는 사회적 이유로 의사라는 직업을 선택할 수 있다고 생각합니다. 그러나 사람의 생명과 직결되는 일을 업으로 삼겠다면, 적어도 누군가를 보살피고 돕고 싶다는 마음은 있어야 하지 않을까요. 한국은 예전부터 성적에 따라 과를 정하고, 성적이 좋은 학생들 대부분이 의대에 지원하는 경향이 강합니다. 성적에 따라 의대에 들어갔지만 의사가 되어 훌륭한 의술을 펼치는 이들도 여럿 보았습니다. 그렇지만 초등학생을 대상으로 하는 의대 입시반이 생겼다는 소식엔 한탄스러울 뿐입니다.

의대에서
가르쳐주지 않는 것,

의료 비용

의대에서는 의학을 공부했다. 수련하는 병원에서는 의학이 환자에게 적용되는 실제 과정을 보았다. 그렇지만 어디에서도 누구도 알려주지 않은 것은 의료 비용의 현실이었다. 의학을 모르면 어차피 의사가 될 수 없으니 기초부터 가르침이 내려온 것이리라. 그런데 의료 비용이 환자에게 끼치는 영향은 의학의 힘보다 막강할 때가 많다.

미국에서는 수입이 없거나 적으면 정부에서 공공 의료 보험을 제공한다. 그렇지만 수입이 적지도 많지도 않아 사각지대에 빠지는 사람이 무수히 많다. 2023년 기준으로 캘리포니아에서는 개인 연간 수입이 4만 7520달러(약 6600만 원) 미만이거나 4인 가족의 연간 수입이 9만 7200달러(약 1억 3600만 원) 미만이면 수입에 따라 보험료를 보조받을 수 있다. 하지만 수입이 어느 정도 있더라도 기본적인 의식주를 해결하고 나면 보험료를 감당하기란 쉽지 않다.

의대 시절 정부에서 운영하는 병원에서 실습을 돌았다. 극빈자를 주로 치료하는 병원이었고, 환자 대부분이 노숙자였다. 당시 내가 하루에 보는 환자는 4~5명에 불과했다. 그중에서도 중국계 미국인이었던 미스터 리가 눈에 밟혔다. 그는 당뇨를 심하게 앓고 있었는데 그 영향으로 신장이 거의 망가진 상태였다. 신장 기능이 평균의 반의 반도 되지 않아 일주일에 몇 번씩 투석을 받고 있는 상태였다. 처음에는 새파랗게 어린 의대생에게 곁을 내주지 않던 그도 주말까지 반납하며 자신을 보살피러 온 나에게 조금씩 마음을 열기 시작했다. 하버드대학교 의과대학 교수 프랜시스 피보디 Francis Peabody가 환자를 걱정하는 의사의 마음에서 치료가 시작된다고 가르친 것처럼 미스터 리의 치료에도 조금 진전이 보였다.

중국에서 이민 온 부모를 둔 그는 캘리포니아에서 나고 자랐으며, 경제적으로 어려운 어린 시절을 보냈다고 고백했다. 차라리 수입이 아예 없거나 극도로 적었다면 공공 의료보험 혜택을 받았을 텐데, 성실함으로 무장한 이민자 가정에는 적게나마 수입이 매월 들어오고 있었다. 그의 부모는 보험 대신 음식을 택했다. 다행히 지병이 없어 진료를 받지 않아도 큰 문제는 없었다. 우여곡절 끝에 중년에 노숙자가 된 그에게도 보험은 없었다. 수입이 없으니 당연히 공공 의료보험 대상자였다. 그런데 그는 보험을 어디에서 어떻게 신청해야 하는지 전혀 알지 못했다.

　미스터 리는 몸이 심상치 않음을 감지하고 동네 병원으로 향했지만 보험도 없고 병원비를 낼 돈도 없는 그가 진료를 받기는 여의치 않았다. 그렇게 신장이 다 망가지고 나서야 찾게 된 응급실에서 겨우 치료를 받은 그는 정부에서 운영하는 병원으로 전원을 오게 되었다. 신장 기능이 너무 나빠 당장 이식수술이 필요했지만 기증자를 찾기란 쉽지 않았다. 이식을 기다리며 길고 긴 투석을 받아야 했던 그는 약해진 면역 체계를 뚫고 들어온 박테리아에 감염되어 다시 한번 죽음의 고비를 넘겼다. 그가 처음 동네 병원을 찾았을 때

보험이 있었더라면 당뇨병 진단과 치료가 조속히 이루어져 신장 기능이 이렇게까지 현저히 떨어지지 않았을 것이다.

의료보험이 있더라도 미국의 의료 비용은 상상을 초월한다. 역사적으로 미국에서 경제적 파산에 이르게 되는 첫 번째 이유는 직장을 잃어 수입이 없어지는 것이다. 두 번째로 꼽히는 이유는 안타깝게도 의료 비용 때문이다. 건강상의 이유로 직장을 잃기도 하지만 직장을 잃으면 직장에서 제공하는 민간 의료보험도 사라진다. 2023년 미국에서 조사된 파산의 첫 번째 이유는 의료 비용으로 바뀌었다. 의료 비용이 점점 더 높아져 파산의 67퍼센트가 의료 비용 때문인 것으로 집계되었다. 미국 인구의 절반 정도가 필요한 의료 비용을 감당할 수 없을지도 모른다는 걱정을 한다.[22]

환자의 건강이 의료보험과 의료 비용에 좌지우지된다는 사실을 알았다면 모든 의대생이 같은 결정을 내렸을까. 다른 전공을 선택하거나 다른 분야의 커리어를 선택한 사람도 있지 않았을까. 다행스럽게도 미국에서는 신생아중환자실의 아기들은 원칙적으로 모두 보험이 있다. (물론 엄마가 신청은 해야 한다.) 게다가 집중 치료를 받는 곳이니 보험에서 병원에 지급하는 비용이 낮지도 않다. 진단에 필요한 검사나 치료에 필요한 약, 시술, 수술에 대해 따로 인가를 받지 않고 치료할 수 있는 자유도 조금 더 주어진다. 따라서 의료 비용에 대한 큰 염려 없이 환자에게만 집중해 치료할 수 있다. 신생아분과만이 아니라 다른 과에서도 누려야 할 자유다. 병원 안팎으로 공평하지 못한 미국 의료계의 현실이 무척이나 안타깝다.

+++

생명을 다루는 의사인데 비용을 거론하기가 매우 송구스럽습니다. 제가 선택하고 사랑하는 신생아분과는 의사에게도 또 병원에도 적지 않은 재정적인 지원을 해줍니다. 한국과 달리 미국에서는 재정적으로 큰 도움이 되는 신생아중환자실을 '병원의 발전소'라고 부를 정도니까요. 제가 다른 과를 선택해 열악한 환경에서 부족한 대우를 받으며 일한다면, 지금처럼 오로지 환자에게만 정성을 쏟을 수 있을지 자신할 수 없습니다. 불편하고 어려운 주제지만 안타까운 현실에 제 미흡한 의견을 조심스레 꺼내봅니다.

미국과
한국의
의료보험

침묵이 복도를 가득 채웠다. 끼익 하고 문이 열리고, 거의 뛰다시피 들어오는 전원팀이 보인다. 신생아 수송 인큐베이터에 연결된 모니터에서는 알람이 끊임없이 울린다. 창백한 아기가 신생아 수송 인큐베이터에서 나와 병실 침대에 안착했다. 모니터를 다시 연결하자 알람이 다시 울린다. 띠띠띠띠 울리는 알람만큼 아기의 상태가 심각했다.

"시작하세요."

대기하고 있던 외과의와 수술팀이 분주히 움직였다.

시퍼런 천이 둘리고 작은 병실에서 수술이 시작되었다. 아기의 목에 관이 두 개가 들어가자, 준비하고 있던 에크모(ECMO, 혈액을 환자 몸에서 빼내 산소를 혈액에 주입하는 동시에 이산화탄소를 제거하고 다시 환자 몸속으로 돌려보내는 생명 유지 장치) 기술자가 호스같이 큰 튜브를 연결한다. 아기의 몸에서 나오는 피가 관을 타고 나와 기계를 통과해 다시 들어간다. 드디어 모니터에 나쁘지 않은 생체징후가 떴다. 이제야 모두 긴 숨을 내쉰다. 아기를 살렸다. 그렇게 며칠이 지나자 아기의 상태가 점차 나아졌다. 곧 에크모를 떼고도 생체징후가 유지됐다. 약간의 고비가 있었지만 아기는 무사히 퇴원할 수 있었다.

아기에게 든 병원 비용만 200만 달러(약 28억)였다. 부모는 수입이 많지 않아 정부에서 제공한 공공 의료보험을 가지고 있었기에 따로 지불해야 하는 돈은 없었다. 우리 병원이 정부에서 받은 돈은 실제 비용의 반의 반도 되지 않는다. 내가 내린 결정 하나로 우리 병원에 재정적인 피해를 입힌 것이나 다름없다. 하지만 어느 누구도 나에게 비용에 대해 일언반구 하지 않는다.

솔직히 한국의 의료보험이 최고라고 믿었다. 대한민국

국민임이 매우 자랑스럽기까지 했다. 많은 한국 사람들처럼 국민건강보험은 세계 최고, 미국 의료보험(정확히는 미국 민간 의료보험)은 비싼 데다 파산까지 시킬 수 있는 것이라고 생각했다. 그런데 실상은 어떨까? 한국의 국민건강보험은 사회보험이기 때문에 다들 비슷비슷하게 혜택을 받고 자가 부담이 클 수도 있다. 반면 미국은 보험에 따라 자가 부담이 거의 없는 경우도 많다.

한 예로 한국에서 신생아중환자실에 아기가 입원하면 가족이 직접 물티슈 같은 준비물을 사 와야 한다는 이야기를 듣고 깜짝 놀랐다. 미국에서는 기저귀, 발진 크림 등 아기에게 필요한 모든 물품을 제공한다. 모유를 먹이는 엄마를 위해 식사를 제공하고 집에서도 유축할 수 있도록 유축기도 무상으로 빌려준다. 대부분의 미국 어린이 병원 근처에는 로널드 맥도널드 재단에서 환자 부모에게 무상으로 제공하는 숙소인 로널드 맥도널드 하우스Ronald McDonald House가 있다. 만약 극빈자라 차나 기름이 없다면? 병원에서 택시비나 주유비 또한 제공한다.

엄마가 의료보험이 없더라도 아기에겐 전혀 문제가 되지 않는다. (미국에서는 생후 30일 동안 아기 보험은 엄마 보험으로 대신한다.) 병원 담당 부처에서 엄마가 자신의 보험과 아기의 보험까지 신청할 수 있도록 돕는다. 보험이 아예 없고 부모가 병원비를 내지 않더라도 모든 치료는 계속된다. 그리고 대부분 부모에게 청구하지도 않는다. 만약 청구했는데도 받지 못하면? 빚을 받아주는 업체로 연결되기도 하지만 부모의 인적 사항이 없다면 깔끔하게 포기한다. 보험이 있다면 병원은 주는 대로 받는다.

신생아중환자실에만 해당되는 이야기가 아니다. 미국에서는 의료보험이 없거나 치료비를 낼 형편이 되지 않더라도 병원에서 응급치료와 생명에 꼭 필요한 치료를 제공한다. 한국에서는 병원비를 감당하지 못해 치료나 수술을 못받는 경우가 있다고 들었다. 이루 말할 수 없이 안타깝고 마음이 아프다.

미국의 의료보험 제도는 매우 복잡해 의사도 잘 이해하기 어렵다. 간단하게 말하면, 극빈자에게는 정부에서 무상으로 공공 의료보험을 제공하고 본인 부담도 거의 없다. 회사에서 제공하는 민간 의료보험은 자가 부담이 적은 보험과 높은 보험 중 선택할 수 있다. 내가 선택한 보험은 자가 부담이 거의 없어, 분만 전후 48시간 동안의 입원비가 2만 달러(약 2800만 원)가 넘었지만 200달러(약 28만 원)만 내고 퇴원했다. 혹시나 심각한 상황에 처해 오래 입원하고 집중 치료를 받았다고 해도 똑같이 200달러만 내고 퇴원했을 것이다. 반면 함께 펠로우 과정을 마친 친구는 다른 병원에서 근무해 보험 선택의 폭이 좁았다. 자가 부담이 꽤 높은 보험을 든 데다 출산 후 아기가 잠시 신생아중환자실에 입원해야 했다. 사흘밖에 입원하지 않았는데 그 비용이 엄청나 수천 달러를 지불했다고 한다.

비슷한 의료보험을 개인적으로 들려면 비용이 엄청나게 높다. 보통은 회사에서 복지 차원에서 비용을 감당하기에 직장인이 내는 비용은 적다. 반대로 자영업자는 보험료를 감당하기 어려울 수도 있다. 따라서 극빈자나 단체에 속한 사람에게는 미국 의료보험의 장점이 확실하다고 볼 수 있다. 하지만 이런 경우를 제외하고는 높은 의료 비용을 감당해야 하는 것은 명백한 사실이다.

결론적으로 내가 선택할 수 있다면 미국 의료보험과 한국 의료보험 중 무엇을 들까? 고민 없이 미국 의료보험을 들겠다. 내가 부담해야 하는 부분도 많지 않고 회사에서 대부분 부담해 주니까. 그렇지만 개인적인 선택과는 달리 사회적인 입장에서 본다면? 한국 의료보험이 무조건 옳다. 국민건강보험으로 모든 국민이 혜택을 받을 수 있으니.

3장

죽음 앞에
매번 우는

의사입니다

슬픔의
강이

언젠가는
마르기를

병실에 몸이 오그라든 아기가 가만히 누워 있다. 태어나서 단 한 번도 스스로 움직이지 않은 아기. 엄마 배 속에서부터 움직임이 멎어 팔다리가 다 굳은 채 태어난 아기. 제니의 머리에는 뇌 조직이 거의 없었다. 대신 뇌수액이 머리를 가득 채우고 있었다. 숨 쉬는 것조차 불가능했다. 작은 가슴 안에는 자라다 만 폐가 자리 잡고 있었다. '푸푸푸푸' 하는 고빈 도진동환기(인공호흡기의 일종으로 벌새의 진동하는 날갯짓처럼 소량의 공기를 빠르게 아기의 폐로 들여보내는 장치. 구형 인공호흡기로도 상태가 나아지지 않으면 쓴다) 소리만이 적막한 병실을 가득 메웠다.

슬픔이 색깔로 나타나면 어떤 색깔일까. 아마도 이 아기의 피부색과 비슷하지 않을까. 보라색과 회색 중간의, 시커먼 색이 되기 직전의 빛깔. 아기는 슬픔의 빛을 띠고 있었다. 부모는 제니의 뇌가 회복할 수 없음을 받아들이지 않았다. 병실에서 나가라고 의료진에게 소리를 지르기까지 했다. 날아가는 시간과는 달리 제니에게선 작은 몸짓도 보이지 않았다.

밀랍 인형 같은 제니를 한시도 떠나지 않던 부모가 마음을 바꿨다. 완화치료로 전향하기로. 의료진의 진심도 가닿았다. 차가운 기기들을 다 제거하고 나서야 부모는 제니의 오그라든 팔다리를 보드라운 손길로 어루만지고 따뜻한 가슴으로 안을 수 있었다. 불필요한 치료는 줄이고 오로지 제니의 안위에만 집중했다. 제니의 손과 발바닥 도장을 찍고 지문으로는 목걸이 펜던트도 만들었다. 머리카락도 조금 잘라 보관함에 넣고 심장 소리도 녹음해 추억 상자도 완성했다.

제니는 곧 떠났다. 엄마에게서 나온 그 모습 그대로, 자연 그 자체의 모습으로. 병실 전체가 울었다. 부모가 제일 아파하고 슬퍼했다. 몇 주 동안 제니를 사랑으로 보살펴 온 의료진의 가슴도 뻥 뚫렸다. 그 뚫린 가슴이 다시 채워지기도 전에, 또 다른 죽음이 신생아중환자실을 덮쳤다. 아주 작은 초미숙아의 급작스러운 죽음이었다. 신생아중환자실 안으로 슬픔의 강이 흘렀다. 끝없는 슬픔이 자꾸 밀려와 얼굴을 적셨다. 내 얼굴의 강도 마를 줄 몰랐다.

하나의 상실을 겪으면 천천히 치유할 수 있는 충분한 시간이 필요하다. 맨살을 가르는 상처는 낫기 마련이고, 시간이 흐르면 날카로운 고통도 무뎌지기 때문이다. 물론 매초 쑤셔대는 아픔이 조금 잠잠해질 뿐 흉터는 남는다. 그런데 이제 막 생긴 상처 위로 다른 상실이 더 깊게 살을 찢으면 어떻게 해야 할까. 누적된 슬픔은 비감의 심연을 더 깊게 만든다. 누가 슬픔은 나누면 작아진다고 했던가. 슬픔은 전염병처럼 멀리 퍼져 모두를 아프게 한다.

슬픔에 압도당하면, 사람의 보호 본능은 회피를 부른다. 극도로 아픈 아기들이 오는 큰 어린이 병원에서 당직을 서면 사망 선고를 피할 수 없다. 당직 날마다 사망 선고를 해야 할 만큼 죽음은 나를 자주 찾아온다. 상태가 급변한 아기를 살리기 위해 사투를 벌이지만 죽음이 이기는 경우가 있다. 아기가 곧 죽을 상황이거나 이 고비를 넘겨도 큰 장애가 따라와 미래가 밝지 않으면, 부모가 완화치료로 바꿀 수 있다. 인공호흡기를 떼거나 생명 유지에 필요한 치료를 중단하면 아기는 곧 죽는다. 어떤 죽음이든 아리다. 그래서 큰 어린이 병원에서의 당직은 피하고 싶기도 하다. 수많은 죽음, 그리고 그 뒤에 따르는 슬픔에 도망가고 싶을 때도 있다.

부끄러운 고백이지만 일부러 죽음을 피한 적이 딱 한 번 있다. 심히 아픈 아기라 미래는 보이지 않고 고통만이 존재했다. 부모는 내 동료와 상담 후 아기를 편안하게 보내주기로 결정했다. 부모가 마음의 준비를 마쳤을 때는 늦은 밤이었다. 동료는 떠났고 내가 당직을 서고 있었다. 곧 기도 삽관 튜브를 빼면 죽음의 천사가 데려갈 아기였다. 가족에게 새로운 얼굴을 디밀어 피로를 가중할 수도, 다른 의견으로 혼돈을 초래할 수도 있다는 비루한 미명 아래 숨었다. 아기를 계속 돌봤던 펠로우가 아기의 마지막을 가족과 함께 지켰다. 나는 그들의 얼굴조차 보지 않았다. 아니, 그 병실에서 가장 먼 곳으로 도망쳤다. 한 인간으로서 감당할 수 있는 죽음의 총량을 한참 넘어선 것 같았다. 돌이켜 보면 한없이 부끄럽다. 치료 기여도, 가족과의 친밀감, 함께 보낸 시간이 얼마든 관계없이 그곳에서 아픔을 함께 나누어야 했다.

갑작스럽게 아버지를 잃은 후, 애도의 길 위에서 함께 울어준 이들이 있었다. 발터 벤야민Walter Benjamin의 말처럼 "한밤중에 길을 걸을 때 중요한 것은 다리도 날개도 아닌 곁에서 걷는 친구의 발소리다". 내가 흐느껴 울 때 함께 울어준 이들은 내 가슴속에 오롯이 새겨졌다. 덕분에 내 울음이 조금 줄었을지도 모르겠다.

한 사람이 감당해야 할 죽음과 슬픔은 적을수록 좋지 않을까. 어느 누구도 사랑하는 이의 죽음으로 아프지 않았으면 한다. 하지만 누구나 태어나면 죽는다. 병원, 그것도 신생아중환자실에서 피할 수 없는 것이 죽음이다. 아기를 잃은 가족을 어떻게 위로해야 할지 여전히 모르는 나는, 조용히 그들의 손을 잡고 슬픔의 강에 몸을 던진다. 그들을 다정히 안고 같이 흘러간다. 슬픔의 강이 언젠가는 마르기를 바라며. 아기의 회복을 바랐던 이들이 마지막까지 함께한다면, 애도의 과정이 아주 조금은 덜 괴롭지 않을까.

상처 위에
뿌려지는

소금

아버지가 돌아가신 뒤, 성당에서 장례미사를 치렀다. 다음 일요일, 여느 때와 다름없이 성당으로 갔다. 미사를 드리고 주일학교로 향했다. 나를 본 주일학교 선생님은 깜짝 놀라는 눈치였다.

"우린 네가 다시는 안 나올 줄 알았어."

아팠다. 상처가 되는 말이었다. 아마도 이런 말을 했다는 것조차 잊었을 테지만, 난 평생 잊지 못하는 말이다. 지금 생각해도 알 수 없다. 그 말이 왜 그리 아팠을까. 아버지를 잃은 자식에겐 일상조차 허락되지 않는다고 말하는 것 같아서, 일상으로 돌아오고 싶어 하는 내가 잘못되었다는 것처럼 들려서, 혹은 앞으로의 일상은 과거의 일상과 같을 수 없다는 현실을 직시케 하는 말이라서 그랬으리라. 실은 그 사실을 나도 잘 알아서, 매 순간 느끼고 있어서 더 아팠는지도 모른다.

"아버지를 잃은 자식은 죄인이야."

가까운 친척 어른의 말도 잊히지 않는다. 아버지를 잃은 자식은 슬픔에만 빠져 세상을 등져야 하는 걸까. 내가 이렇게 아픈 건 죄인이라 벌을 받고 있기 때문이라는 걸까. 몇십 년이 지나도 그 말이 생생히 기억난다. 내겐 상처 위에 뿌려진 잔인한 소금이었으니까.

"애가 열이 많이 나서 경련까지 했거든. 그때 응급실에서 만난 레지던트부터 시작해서 소아중환자실 교수까지 전부 다 기억나. 만난 의사가 열 명이 넘었는데도. 얼굴, 이름, 그리고 나한테 했던 말까지 다. 모두 다."

함께 일하는 동료 의사의 고백이다. 아이가 아픈 순간부터 응급실을 거쳐 소아중환자실까지 모든 장면이 영화처럼 재생된다고 했다. 의사의 표정, 옷차림까지 다 보인다고.

평생 잊을 수 없는 기억이라고.

분만실에서 또는 신생아중환자실에서 아기의 심각한 상태와 어두운 예후를 자주 전한다. 단어 하나하나, 말투, 내가 쓰고 있는 머리 망, 마스크, 수술복 모두 다 부모에게 각인되었으리라. 미숙아를 낳은 엄마가 쓴 글에서 아기의 예후를 전한 의사를 심하게 욕하는 내용을 본 적이 있다. 나라고 다를까. 본의 아니게 부모에게 상처를 준 경우도 많을 것이고, 누군가는 내가 말하는 장면을 잊지 못한 채 살아가기도 할 것이다.

차라리 나를 미워하고 탓했으면 좋겠다. 아기가 아프다는 사실을 안 순간부터 모든 걸 자기 탓으로 돌릴 부모의 마음을 잘 알기 때문이다. 임신 기간 중에 있었던 사소한 일도 다 생각이 날 것이다. 실수로 넘어져서, 산부인과 진료를 한 번 빠져서, 비타민 먹는 걸 깜박 잊어서. 전혀 연관성 없는 일 때문에 아기가 아픈 건 아닌지 걱정하고 자책할 엄마의 마음을 누구보다 잘 알고 있다.

나도 두 번의 임신과 출산으로 감정의 롤러코스터를 타 본 경험이 있다. 건강하게 태어난 아이가 심한 황달을 앓자 모유가 부족한 나를 탓했다. 아이가 울면 레지던트 때 받은 스트레스가 아이에게 옮겨 간 것 같아 나도 울었다. 아이가 조금이라도 아프면 지금도 모든 것이 다 내 탓 같다. 아기가 태어나자마자 신생아중환자실에 입원해야 한다면, 부모가 느끼는 그 자책은 얼마나 클까. 그래서 입원 초기 상담 때 이런 말을 꼭 보탠다.

"아기가 아픈 건 절대로 부모님 탓이 아니에요. 임신 중에 했던 일 혹은 하지 않았던 일 때문에, 출산 중 선택했던 것 또는 거부했던 것 때문에 이런 일이 일어나지 않아요. 다만 우리가 감기에 걸리는 것처럼, 차 사고가 나는 것처럼 그냥 발생하는 일이에요. 절대 자책하지 마세요. 특히나 어머님, 저도 두 아이의 엄마라 아이에 관한 일이라면 늘 제 탓을 해요. 하지만 분명히 말씀드릴게요. 절대로 어머님이 한 일이나 하지 않은 일 때문에 아기가 아픈 게 아니에요."

한 번도 모자라, 여러 번 강조한다. 혹시라도 고개를 드는 '만약' 때문에 그들의 괴로움이 더해질지 모르니.

가끔 다른 의료진의 무신경함이 눈에 띌 때가 있다. 아픈 아기를 만나고 치료하는 일이 반복되다 보니 통상적으로 느껴질 때가 있는 것이다. 나 역시 예외가 아니다. 그럼에도 가족 주변에서는 농담이나 웃음은 삼가려고 노력한다. 내 자식이 생사를 오가는데 부모 마음이 어떻겠는가. 의료진 중 누군가 크게 웃거나 농담을 하면 나직한 목소리로 또는 눈빛으로 아기의 가족이 곁에 있음을 알린다. 보통 화들짝 놀라며 본인의 부주의함을 알아차리기 마련이다. 순식간에 병실의 분위기가 확 바뀐다.

　나도 분명 실수한 적이 있으리라. 누군가 나에게 알려주지 않아 몰랐을 뿐이지. 평소 동료들과 대화도 자주 하고 웃음도 많은 편이라 더욱 조심한다. 혹시나 내 웃음, 잡담, 농담 때문에 아기 부모는 상처받을 수도 있으니까. 지금 인생에서 가장 힘든 시간을 보내고 있는 그들의 입장을, 감히 조금이라도 헤아려본다.

직업의

저주

벤저민은 항문 없이 태어났다. 보통 아기가 태어나면 하루 이틀 안에는 변을 본다. 그렇지 않으면 결함이 있는지 확인하기 위해 엑스레이부터 시작해 갖가지 검사를 하기도 한다. 병원에서 아기가 태어나면 24시간 안에 소아과 의사가 갓난아기를 꼼꼼히 진찰하기 마련이다. 한데 이틀이 지나도 변을 보지 않는 벤저민이 이상해, 엄마가 직접 아기의 항문을 확인했다. 태어난 뒤 아빠가 기저귀를 갈았기 때문에 엄마는 이때 처음으로 아기의 기저귀를 벗겼다. 항문이 있어야 할 자리에 아무것도 없었다. 그녀는 외과의사였다. 벤저민은 곧바로 어린이 병원으로 왔다.

솔직히 말해 나도 출산 후 사흘째 되는 날, 집에 돌아와 아이의 기저귀를 처음으로 갈았다. 병원에서는 남편이 계속 갈아줬기에 한 번도 갈지 않았다. 마음 같아서야 신체검사도 하고 몸 곳곳에 청진기도 대보고 싶었다. 그런데 내 아이에게는 의사가 아니라 엄마로만 남고 싶어 꾹 참았다. 그녀도 아마 그랬으리라. 의사가 아닌 엄마로만 남고 싶었을 것이다.

꽤 명망 있는 소아과 의사가 처음 신체검사를 했는데도 항문을 확인하지 않았나 보다. 그렇게 늦은 진단 때문에 수술도 늦어졌다. 다행히 간단한 수술로 항문을 만들어주었고 며칠 뒤 퇴원이 가능했다. 외과 의사 아들이 태어나자마자 수술을 받아야 할 확률은 얼마나 될까.

리사와 닉은 둘 다 신생아중환자실 간호사다. 병원에서 만나 결혼하고 아기를 낳았다. 모든 신생아중환자실 의료진은 초미숙아를 낳을까 봐 걱정한다. 자주 보고 듣는 초미숙아의 어려운 병원 생활 그리고 아기가 집에 갈 수 없는 결말을 봐왔기 때문이다. 아기를 기다리는 기대감에는 두려움도 따라온다. 그 두려움이 그들에게는 현실이 되고 말았다. 올리버는 500그램이 채 안 되는 상태로 24주 차에 태어났다. 기도 삽관이 필요했고, 초미숙아에게 일어날 수 있는 합병증이란 합병증은 다 일어날 만큼 심각하게 아팠다. 좀 나아지나 싶다가도 몇 번이나 수술을 받아야 했다. 리사와 닉은 힘든 상황에서도 크게 내색하지 않고 이렇게 말했다.

"잘 알잖아요? '간호사의 저주nurse curse' 정말 지독하죠?"

간호사들이 환자나 보호자가 되어 고생하거나 아픈 아기를 출산한다는 속설을 간호사의 저주라 한다. 다행히 리사와 닉은 특유의 긍정성으로 또 주위의 도움으로 이 위기를 극복할 수 있었다. 올리버는 어느새 건강하게 자라나 '졸업'했다. 리사와 닉이 정성으로 돌보고 올리버의 곁을 밤낮으로 지킨 덕분이다. 리사와 닉과 함께 일할 때면 사진과 영상으로 건강하게 커가는 올리버의 모습을 볼 수 있어 하루가 덜 고됐다. 또 다른 초미숙아 부모들에게 올리버는 큰 희망이 되어주고 있다.

소화기내과 전문 간호사 앤도 그런 경우였다. 아기 기관과 식도 사이에 샛길(기관식도루로 불리며, 이로 인해 음식물이 폐로 들어갈 수 있다)이 존재해 여러 수술을 받았다. 중간중간 생사의 갈림길에도 섰다. 어렵지 않게 임신을 하고 정기적으로 초음파 검사와 산부인과 진료를 받았는데, 아기는 집중 치료를 받아야 했다. 하필 소화기내과 질환이라 자신의 직업이 몰고 온 저주를 한탄했다.

엄마의 직업이 아이의 질병과 직접적인 연관 관계가 있는 경우는 거의 없다. 이걸 잘 아는 나조차도 아이들이 아플 때면 늘 내 탓을 했다. 머리로는 알았다. 나와는 전혀 상관없는 일이라는 것을. 그런데 보이지 않는 주먹은 자꾸 내 가슴을 쳤다. 첫째 벨라는 태어난 후 몸무게가 계속 줄어 신생아 시절, 소아과 진료를 거의 매일 봐야 했다. 황달도 심해 피 검사도 자주 했다. 둘째 브라이언은 황달 수치가 위험한 수준까지 올라가 무척이나 고생했다. 어떤 이유로든 아이들이 아플 때면 모두 다 나의 부족함, 나의 불찰 때문인 것만 같았다. 누구도 나를 탓하지 않는데 혼자서 열심히 내 탓만 했다. 암울한 기억들이다.

소아과 신생아분과 의사인 나도 내 탓을 하는데, 다른 부모들은 오죽할까. 그때 내게 꼭 필요했던 건 '네 잘못이 아니야' 그리고 '곧 괜찮아질 거야'란 위로뿐이었다. 자책으로 괴로워하는 부모를 보면 꼭 말해준다. 부모의 어떤 선택도 아이의 질병과는 관련이 없다고. 짧았지만 강렬했던 '내 탓 동굴'의 경험으로 조금이나마 부모, 특히 아픈 아이를 둔 부모를 이해할 수 있게 되었다.

코드 그레이,

분노와
슬픔 사이

어찌 된 일인지 전날까지 나름 잘 지내던 소피아의 상태가 심상치 않았다. 밤새 산소포화도가 떨어지기를 반복하다 숨을 멈췄다. 결국 1킬로그램이 겨우 넘는 소피아의 작은 입을 열고 기도 삽관 튜브를 내려보내야 했다. 한동안 소피아를 떠났던 인공호흡기도 다시 달았다. 배가 빵빵하게 부풀어 올라 푸르스름한 빛을 띄다 시푸르뎅뎅한 색으로 변했다.

　세 번째로 찍은 엑스레이에서 가장 염려하던 일이 극명하게 보였다. 장이 터져 장 안에 있던 공기가 배를 가득 채우고 있었다. 엑스레이에는 컴컴한 공기가 소피아의 내장을 한쪽으로 밀어내고 있었다. 당직을 서던 외과의가 급히 달려와 배 두 곳에 작은 구멍을 냈다. 금방이라도 터질 것 같았던 소피아의 배가 조금 가라앉았다. 그는 고무 튜브를 배속으로 집어넣었다. 터질 듯 부풀어 오른 배의 압력을 줄이고 공기가 밖으로 빠져나올 수 있게 공간을 만들어주었다. 수술 중 소피아의 부모가 연락을 받고 병원에 도착했다.

수술은 무사히 끝났다. 그런데 이내 소피아의 상태가 악화되었다.

"몇 시간 남지 않았어요. 소피아가 더 이상 버틸 수 없을 것 같아요."

흐느껴 우는 부모에게 최대한 침착하게 전했다. 초미숙아를 자주 괴롭히는 괴사성 장염의 경과와 소피아의 상태를. 상태가 워낙 위중한 데다 현재 최대치의 치료가 들어가고 있음에도 나아지지 않는 안타까운 상황도 알렸다. 완화치료 가능성도 논의했다. 울면서도 눈을 맞추고 대화를 이어가는 엄마와는 달리, 아빠는 굳은 표정으로 턱을 덜덜 떨다 울기만 반복했다. 더 이상 대화가 이어지지 않아 생각할 시간을 갖기로 하고 잠시 자리를 비웠다.

이쯤이면 소피아 부모도 진정되었으리라 생각했다. 다시 돌아가는 길이었다. 갑자기 경비 둘이 뛰어오고 있었다. 무슨 일인가 따라 들어갔더니 신생아중환자실 한복판에서 소피아 아빠가 난동을 부리고 있었다. 발악하며 악을 쓰는 그의 눈빛이 이글이글 타오르고 있었다.

"너 이 개새끼, 죽여버릴 거야. 우리 소피아 죽기만 해봐. 너부터 내가 죽여버릴 거야!"

내 앞에서 말 한마디 안 하던 소피아 아빠가 맞나 싶어 멍하니 바라보다 '개새끼'가 동료 의사임을 알고 충격을 받았다. 내가 잠시 자리를 비운 사이, 그날 밤 당직을 서는 동료 의사가 소피아 부모에게 완화치료를 권했다고 한다.

벼랑 끝에 서 있는 심정일 소피아 아빠에게 동료의 어조가 의도치 않게 강하게 들렸던 걸까. 방어기제였을까. 그는 돌변해 의자를 던지고 동료를 위협하기 시작했다. 사태를 목격한 수간호사가 바로 경비를 호출했다. 신생아중환자실에서 처음으로 코드 그레이(폭력적인 환자 또는 보호자 발생) 상황이 벌어지고 있었다. 그것도 내 담당 환자의 가족이, 방금까지 나와 상담했던 그 가족이 내 동료를 죽이겠다고 소리치고 있었다.

서둘러 나타난 경비 둘은 그들보다 키가 훨씬 큰 그를 가뿐히 제압했다. 소리를 지르고 주먹을 날리는 그를 데리고, 아니 들고 신생아중환자실 밖으로 사라졌다. 곁에서 숨죽여 울기만 하던 엄마는 아빠를 대신해 사과하기 바빴다. 갑자기 돌봐야 할 아기가 둘이 되어버린 엄마의 모습이었다. 비통, 걱정, 당혹, 그리고 미안함이 뒤섞인 표정으로 울음이 멈추지 않는 엄마를 보며 나도 울었다. 집으로 향하는 차에는 나밖에 없어서, 해가 진 고속도로가 어두워서 울었다.

소피아의 부모에게 완화치료를 권한 내 동료는 아이가 셋이나 되는 아빠였다. 그중 한 아이가 많이 아파, 같은 입장에 있는 부모가 어떤 아픔과 괴로움을 느끼는지 모르지 않았다. 소피아가 겪고 있는 고통의 시간을 빨리 끝내주고 싶었는지도 모른다. 오로지 환자만을 생각하다 보니 가족의 마음까지 들여다보는 게 쉽지 않을 때도 있다. 예상치 못한 혼란스러운 상황 앞에서 복잡한 감정을 느끼는 가족들의 마음을 말이다.

의사이자 심리학자로 유명한 알프레드 아들러Alfred Adler는 저서 『아들러의 인간이해』에서 분노와 슬픔은 정도의 차이는 있지만 공감을 요한다고 밝혔다. 나아가 다른 사람의 염려와 관심은 대부분의 감정을 완화시켜 주는 힘이 있다고 믿었다. 소피아의 아빠도 슬픔과 절망에 빠져 그 안에서 혼자 버둥대고 있었으리라. 어느 누구의 공감도 받지 못해 그 강력한 감정을 분노로 표출했을지도 모르겠다.

급박한 상황에서 상담을 했지만 내가 조금 더 공감하려 노력했다면, 그 마음을 표현하고 그의 마음도 살폈다면 코드 그레이 같은 상황은 일어나지 않았을 것이다. 나의 소중한 아기가 곧 죽을 상황에 놓인다면 이성적인 사고는 불가능하다. 경험한 적 없는 온갖 감정들이 엄청난 무게로 그를 짓눌렀을 때, 의료진은 공감으로 그의 감정을 완화시켰어야 했다. 우리의 치료 대상은 아기이지만 아기와 함께 온 가족도 우리의 보살핌을 받아야 할 존재들이기에.

배 속에서
쌍둥이 한 명이

죽으면
생기는 일

손꼽아 기다리던 임신이었다. 게다가 쌍둥이 임신이라니.
윌리엄과 어밀리아는 기쁨에 젖었다. 그런데 산부인과 의사
는 축하한다는 말과 함께 걱정스러운 표정을 지었다. 쌍둥
이 같은 다태아 임신은 단태아와 비교해 위험률이 훨씬 더
높다. 게다가 일란성 쌍둥이가 하나의 태반을 공유하고 있
었다. 의사와 이야기를 나누고도 염려가 된 그들은 닥터 구
글을 택했다. 수많은 논문과 사례가 쏟아져 나왔다. 노트북
을 탁 닫아버렸다. 더 이상의 정보는 걱정만 늘려 산모의 건
강에 독이 될 수도 있으니.

매주 산부인과 진료를 받으며 경과를 살폈다. 다행히 아기들은 잘 자라고 있었다. 쌍태아가 피를 주고받음으로써 두 태아의 건강이 모두 나빠질 수 있다는 의사의 걱정은 현실이 되지 않았다. 그러다 일주일 만에 다시 찾은 산부인과 진료실에서 그녀의 숨이 턱 멈추었다. 한 아기의 심장이 뛰고 있지 않았다. 당황한 산부인과 의사가 다른 의사도 불러보고 초음파 기계를 바꿔서도 확인했으나 소용없었다. 그렇게 첫째 아들, 데이미언이 떠났다는 것을 알았다.

둘째 대니얼의 심장박동수마저 좀체 바뀌질 않았다. 어느 정도 자극을 주면 태아의 심장박동수가 오르락내리락하기 마련인데, 꿈쩍도 하지 않았다. 결국 산부인과 의사는 분만을 미룰 수 없다며 어밀리아를 병원으로 보냈다. 분만을 담당하게 된 동료 의사의 눈에도, 더 자세한 초음파 검사에도 대니얼은 움직임조차 보이질 않았다. 이미 한 아기를 잃은 부모가 다른 아기까지 잃게 할 수 없었다. 응급 제왕절개 수술로 대니얼이 세상에 나왔다.

대니얼은 초음파에서 본 것처럼 움직이지도 숨을 쉬지도 않았다. 서둘러 기도 삽관을 했다. 느릿느릿한 심장 소리가 어렴풋이 들릴 뿐이었다. 서둘러 탯줄을 자르고, 피가 뿜어져 나오는 혈관 안으로 가느다란 관을 넣었다. 수액과 강심제, 혈액을 최고 속도로 밀어 넣었다. 그제야 심장이 힘차게 뛰고 대니얼의 몸에도 혈색이란 것이 돌기 시작했다. 전신마취로 의식이 없는 엄마를 남겨두고 신생아분과 의료진은 아빠와 함께 신생아중환자실로 향했다.

정신없이 시술과 치료를 마쳤다. 몇 시간쯤 지나자 대니얼이 안정 상태로 접어든 것 같았다. 이제 좀 앉아서 한숨 돌리려는 찰나, 산소포화도와 혈압이 뚝뚝 떨어졌다. 어떤 연유로든지 연결되어 있던 쌍둥이 중 한 태아의 죽음은 다른 태아에게도 영향을 미친다. 갑작스럽게 바뀌는 혈류량으로 뇌에 돌이킬 수 없는 부상을 입히거나 죽음 뒤에 따르는 치명적인 염증 분자의 공격이 가해진다. 아마도 데이미언의 몸에서 흘러나온 컴컴한 죽음의 부산물이 이제는 대니얼의 몸을 공격하고 있으리라. 서둘러 다른 치료를 시작했다. 어느새 거의 최대치의 치료가 들어가고 있었다.

내가 세상에서 가장 싫어하는 대화를 시작해야 할 때가 왔다. 대니얼의 현재 상태 그리고 예후, 아픈 이유까지 자세히 설명했다. 데이미언을 잃어 마음이 아프다는 말도 덧붙이며. 우리는 최선을 다해 가능한 모든 치료를 하고 있으니, 이제 대니얼에게 달렸다고. 눈물을 줄줄 흘리는 그들 옆에서 나도 울었다. 내게도 일어날 수 있었던 일 아니던가. 임신한 뒤 문득 드는 생각. '내 아이가 잘못될 수 있다.' 부모라면 상상하게 되는 최악의 공포. '내 아이가 사라질 수 있다.' 그 모든 우려와 공포를 현실로 맞닥뜨리게 된 부모에게 내 위로가 힘이 될까. 그저 함께 눈물만 흘렸다.

공감에 대한 여러 연구 결과가 나와 있는데, 여성이 남성보다 공감력이 좋다는 결과[23]도 있고, 삶의 경험이 쌓이면 공감력이 올라간다는 결과[24]도 볼 수 있다. 의대, 간호대 등 의료 관련 전공 재학생 중 27세 이상의 여학생은 21세 미만 남학생보다 공감력이 훨씬 좋다고 한다.[25] 21세의 나는 같은 상황에서 얼마만큼 공감을 할 수 있었을까. 감히 예상하건대 지금 수준의 반도 안될 것이다. 세월이 흐르고 그만큼 경험과 감정이 쌓인다. 그리고 아이를 낳고 기르며 나의 공감력도 높아지지 않았을까. 이유를 막론하고 심한 괴로움을 겪은 사람은 좀 더 너그러우며 공감력에서도 큰 차이를 보인다. 고통을 견뎌냈기에 그 고통의 심각함을 알고 있으며, 어려움을 헤쳐 나왔기에 누군가와 함께 걸을 수 있다.

데이미언이 떠나고 대니얼만 지구에 남은 밤, 그 밤을 꼬박 지새웠다. 온갖 치료를 쏟아부었고 대니얼이 조금 나아졌다. 의사로서의 직무는 이미 다했다. 하지만 대니얼의 '병원 엄마'로 곁에 남아 보살폈다. 나도 엄마라 차마 대니얼을 두고 떠날 수 없었다. 이미 앞서 가버린 형을 따라 대니얼마저 하늘로 떠난다면, 부모에게 치유할 수 없는 커다란 슬픔이 남을 것이다. 가장 큰 절망은 큰 슬픔 뒤의 자그마한 희망이 조금씩 커지다 갑자기 사라지는 때 찾아온다. 그 절망을 막아야만 했다.

내가 한시도 떠나지 않고 지킨 덕인지, 부모의 간절한 마음 덕인지, 아니면 천사가 된 데이미언이 지켜준 덕인지 대니얼은 점점 나아졌다. 몸은 천근만근이지만 마음만은 깃털처럼 가벼웠다. 지난밤 무슨 일이 있었냐는 듯 밝은 얼굴로 동료에게 인계를 마칠 수 있었다. 그 후로도 대니얼은 회복의 길을 걸었다. 머지않아 인공호흡기를 뗐다. 뇌에는 아주 작은 출혈이 보였지만 전반적으로 건강하게 퇴원할 수 있었다.

몇 주 후, 외래 클리닉에서 신생아중환자실에서 퇴원한

아기들을 보고 있었다. 부쩍 큰 대니얼이 엄마와 함께 나를 찾았다. 어밀리아도 조금 회복한 모습이었다. 대니얼을 잘 치료해 줘서 고맙다고 말하는데, 좀처럼 그녀의 눈을 똑바로 바라보기 어려웠다. 나도 그녀도 두 아이의 엄마다. 퇴근하면 난 두 아이를 데리고 집으로 갈 수 있다. 어밀리아도 집에 간다. 한 아이만 데리고. 매일 대니얼의 얼굴을 보며 데이미언을 생각할까. 데이미언도 살아서 세상에 나왔다면 대니얼만큼 컸을까 그려볼지도 모른다. 두 아이를 데리고 집으로 가는 길, 백미러로 보이는 아이들 얼굴에서 빛이 났다. 뒤에서 비치는 햇살 때문인지 눈이 부셨다. 눈이 시려 자꾸만 눈물이 났다.

의료진과

가족 간의
신뢰

아침 내내 멜로디의 숨 넘어가는 듯한 울음소리가 멈추지 않았다. 간호사들이 돌아가며 멜로디를 안았다. 어떤 방법으로도 나아지지 않아 결국 모르핀 양을 늘렸다. 곧 울음소리가 잦아들고 잠이 든 멜로디가 평화롭게 누워 있었다. 그런데 이번에는 씩씩대는 소리가 병실 밖으로 터져 나왔다. 병실에 들어가자 엄마인 듯한 여자가 팔짱을 끼고 발을 구르며 불평을 토하고 있었다. 사회복지사와 담당 간호사도 그녀를 진정시키지 못해 쩔쩔매고 있었다.

멜로디는 산부인과 진료를 전혀 보지 않은 아이리스가

집에서 혼자 낳은 아기였다. 아마도 병원에 오지 않을 계획이었겠지만, 멜로디가 잘 울지 않자 어쩔 수 없이 구급차를 부르고 병원으로 향했다. (출산 직전 엄마가 오용한 약물의 영향으로 아기의 의식이 저하되어 멜로디가 반응을 보이지 않은 것일 수도 있다.) 아이리스는 십 대부터 시작된 약물중독과 긴 싸움을 하고 있었다. 임신 사실을 알고 마약성 진통제에서 벗어나기 위해 안간힘을 썼다. 하지만 약물중독은 의지로 이겨낼 수 없는 질병이다. 약물이 뇌에 침투해 의사 결정, 학습, 기억, 절제를 관장하는 뇌의 영역을 망가뜨린다. 우등생을 한순간에 낙제생으로 만들기도, 아이를 아끼던 엄마가 그 아이를 위험에 빠뜨리기도 한다.

아이리스도 고통을 이겨내면서 멜로디를 위해 약물을 멀리했다. 하지만 어느새 더 자주 더 높은 용량의 펜타닐을 맞고 있는 자신을 발견했다. 소중한 아이를 잃을 수 없어 소변으로 약물검사를 받아야 하는 산부인과 진료도 보지 않았다. (약물검사에서 양성이 뜨면 정부에서 아기를 보호하는 경우가 많다.) 외로운 싸움이었으리라. 약물중독 때문에 출산 후 아기와 함께 집에 가지 못하는 엄마를 수없이 보았다. 아이리스도 그중 한 명이었다.

"좀 진정하고 앉으시는 게 어떨까요?"

의자 두 개를 가져와 얼굴이 새빨개진 그녀를 앉혔다. 건너편에 앉아 대화를 시도했다.

"이 약 때문에 우리 멜로디가 잠만 자고 있는 거 아니냐고요! 이거 약 부작용 아니에요? 도대체 부작용이 뭐예요? 다 말해봐요!"

멜로디가 복용하고 있는 모르핀의 용량부터 부작용까지 차근차근 설명했다. 엄마가 복용한 마약성 진통제 펜타닐 때문에 멜로디가 금단증상을 겪고 있다는 것도 강조하며.

약물중독인 엄마의 모유는 당연히 쓸 수 없었다. 분유를 먹여도 멜로디는 울다가 다 게워내기를 반복했다. 멜로디가 너무 세차게 울어 누군가 하루 종일 안아줘야만 했다. 한편 모르핀 용량을 조금씩 늘려 치료에 필요한 적정량을 찾을 수 있었다. 그제야 멜로디는 잠도 자고 잘 먹었다. 그 과정을 전혀 보지 못한 그녀는 이번에는 멜로디가 잠만 잔다며 모르핀 용량을 줄여달라고 불만을 표한 것이다. 자꾸만 모르핀 부작용에 집착하는 그녀의 모습에 의아함이 들었다.

본인이 하던 약물 때문에 지금 멜로디가 치료를 받고 있지 않은가. 의료진이 하는 치료를 의심하기만 하고, 본인이 겪어 잘 알고 있을 부작용을 우리에게 묻다니 이해가 가지 않았다. 차근차근 질문에 답하며 상황을 정리했다. 얼핏 봐도 멜로디의 엄마로 보였기에 관계를 확인하지 않고 상대를 다독이려던 나의 불찰이었다. 같은 성을 가진 터라 혼란이 더했다. 그녀는 멜로디의 외할머니였다. 멜로디의 엄마 아이리스는 아직 입원 중이었고, 멜로디의 외할머니가 신생아 중환자실에 와 잠만 자고 있는 멜로디를 보고 난리가 난 것이다.

그제야 모든 상황이 이해가 됐다. 그녀는 마약성 진통제에 중독된 딸 때문에 이루 말할 수 없는 고생을 했을 것이다. 그러다 귀한 손녀를 봤다. 그런데 딸의 약물중독으로 금단 증상을 보이는 손녀딸을 치료하는 약이 또 다른 마약성 진통제라니 기함한 것이리라. 마약성 진통제에 중독된 엄마는 아기에게도 태반을 통해 그 약물을 전달한다. 결국 태아도 그 약물에 중독된다. 비슷한 마약성 진통제를 써서 점차 용량을 줄이는 것이 치료법이다. 다시 차근차근 설명을 하자, 모두가 이해하고 납득하는 상황에 도달했다.

영국에서는 의료진이 여전히 가장 신뢰받는 직업이라고 한다.[26] 미국에서도 간호사, 의사, 약사를 향한 신뢰도는 성직자, 언론인, 법조인보다 높다. 이런 신뢰를 바탕으로 더 나은 결과가 나오기도 한다.[27] 의사로부터 공감과 존중을 받은 환자는 의사를 신뢰하게 되고, 의사의 권고 사항을 잘 따르게 되니 건강해진다. 아기는 신뢰라는 것을 모르니, 주로 가족과 의료진의 신뢰 관계에서 더 나은 결과가 나오기도 한다. 의사를 신뢰하지 않고 모든 치료를 좌지우지하려는 가족은 아기의 상태를 악화시킬 수도 있다.

아이리스의 엄마는 친딸과도 신뢰를 쌓지 못했다. 매번 믿었지만 재발하는 약물중독에 지쳤을지도. 본인의 딸도 믿을 수 없는데, 신생아중환자실의 의료진을 믿을 리 만무했다. 게다가 아이리스를 망친 그 마약성 진통제의 일종을 갓난아기에게 주고 있다니. 치료 방법을 모르는 할머니 입장에서는 충분히 화가 날 만도 했다. 한참 서로의 이야기를 풀어놓자 그녀도 치료법을 이해하고 우리도 그녀의 입장을 받아들이게 되었다. 서로 한 발짝씩 다가가 함께 손을 잡고 같은 곳을 바라볼 수 있었다.

멜로디가 퇴원하는 그날까지 할머니는 매일 병실에 찾

아와 아기를 안았다. 멜로디가 다른 아기보다 더 자주 더 크게 울어도 꼭 안고 곁을 지켰다. 마치 아이리스가 지금 엄마 노릇을 할 수 없으니, 본인이 엄마가 되어주려는 것처럼. 그녀에게는 두 번째 기회일지도 모르겠다. 아이리스가 그녀 때문에 약물중독이라는 병을 얻은 것은 아니지만, 멜로디를 사랑으로 키움으로써 어떤 보상을 하고 싶은지도. 아이리스도 멜로디도 완치되길 바란다. 멜로디의 완치는 아이리스가 약물중독에서 벗어나는 계기가 되어줄 것이다. 가족 간의 신뢰와 환자, 가족 그리고 의료진 사이의 신뢰로 더 많은 치유가 가능해지길 기대해 본다.

좋은
의사가
되는 법

드문드문 수염이 난 새하얀 얼굴 위로 새파란 눈이 더 반짝인다. 눈물이 차오르더니 얼굴 밑으로 후드득 떨어진다. 영혼의 피가 얼굴 위로 줄줄 흐른다. 너무 아파서일까 아니면 눈물이 무거워서일까. 그가 무릎을 꿇고 주저앉는다. 두 손을 꼭 쥐고 마치 내가 신이라도 된 듯 읍소하기 시작한다.

"제발! 제발! 우리 아기를 살려주세요! 제발요, 선생님!"

그의 절규에 산부인과 병동이 잠시 얼어붙었다. 수간호사가 달려 나오고 담당 간호사도 병실 문을 열고 고개를 내민다. 한쪽에서 차트를 쓰던 산부인과 의사도 눈빛으로 위로를 보낸다.

　22주밖에 되지 않은 아기가 자꾸 세상으로 나오려 했다. 부모는 이번만은 다를 것이라 믿었다. 임신 초기에 네 차례나 아기를 떠나보냈었기에, 중기에 들어서자 희망이 더 컸으리라. 그러나 이른 진통이 찾아오고 어느새 자궁 경부가 열리기 시작했다. 22주 태아의 폐 발달은 살기엔 충분치 않을 때가 많다. 24주가 지나야 폐 발달이 어느 정도 이루어져 생존이 가능하다. 22주나 23주에 태어나도 큰 후유증 없이 퇴원하는 아기도 있다. 그렇지만 이런 경우는 굉장히 드물다. 특히나 초음파에서 본 아기의 예상 몸무게는 300그램밖에 되지 않았다. 22주 태아의 평균 몸무게인 450그램에 비해 너무 작았다. 20주 혹은 21주 정도밖에 되지 않았을지도 모른다. 그렇다면 생존 확률은 더 희박해진다.

　산부인과 의료진은 길고 어려운 상담을 이어갔다. 부모는 꿈쩍도 하지 않았다. 어떻게든지 살려달라고 애원했다. 내 동료가 이런 경우에는 아기를 고통 없이 보내주는 것이 보편적인 치료라고 조언했다. 이를 받아들이지 못한, 아니 믿고 싶지 않은 부모는 다시 상담을 요청했다. 당직 중인 내가 다시 대화를 시도했다. 개인적으로 22주 혹은 23주인 아기라도 기도 삽관 후 안정적인 상태라면, 경과를 보는 것도 나쁘지 않다고 생각한다. 혹시라도 아기가 22주 이상으로 보이거나, 또는 아기를 아프게만 하는 가슴 압박이나 다른 시술이 필요하지 않으면 최선을 다해 살리겠다고 답했다. 그럼에도 아기가 죽을 수 있다는 말도 덧붙이며.

아기 아빠가 나를 쫓아 복도로 나올 줄은 상상도 못 했다. 복도 한복판에서 무릎을 꿇고 나에게 애소할 거라고는. 서둘러 그를 일으켜 진정시켰다. 다시 병실로 돌아가 흐느껴 우는 그의 옆에서 가만히 자리를 지켰다. 한참이나 울음을 그치지 못하는 그를 보며, 지난 네 번의 임신과 유산을 거치면서 이 부모에게 얼마나 큰 아픔이 쌓였을지 감히 생각해 봤다. 매번 희망이 싹트고 다시 그 희망이 꺾이고 또다시 가슴 아픈 일이 반복되면 어떤 심정일까. 조금 진정이 되어 보이는 그에게 진심을 담아 말했다.

"아기가 나오면 제가 잘 살펴보고, 조금이라도 가망이 있으면 꼭 살릴 수 있도록 노력할게요. 저희가 최선을 다할 게요."

좋은 의사와 보통 의사의 차이점은 환자와 가족의 마음을 헤아리려는 노력에서 나오는 것이 아닐까. 그는 시도조차 하지 않겠다는 내 동료의 말에 절망했으리라. 그러다 만난 나에게 일말의 희망을 봤을지도 모르겠다. 시도는 해보겠지만 죽을 수도 있다는 말에, 아기가 너무 작거나 미성숙하면 시도조차 하지 않겠다는 나의 말에 매달리고 싶었으리라. 동료 의사와 나의 목표는 같았다. 아기에게 불필요한 고통을 주지 않겠다는 마음도. 그럼에도 각자 믿음과 경험에 따라 다른 접근을 했다. 우리의 말 한마디에 부모의 마음은 출렁대기를 반복했다. 차가운 병원 복도에서 무릎을 꿇고 읍소할 만큼 아빠의 마음은 간절했다. 그 아픔이 나에게도 전해졌다. 나의 진심도 우리의 진심도 전해졌을까.

우여곡절 끝에 아기가 나왔다. 예상대로 20주나 21주 정도로 보이는 태아의 모습이었다. 피부가 투명하고 젤 같아 작은 접촉에도 버티질 못했다. 눈물을 쏟는 부모에게 강보에 곱게 싼 아기를 건넸다. 나의 진심이 가닿았다. 그들은 말 없이 고개를 끄덕였다.

하루의 생도
허락되지 않은

포터증후군
아기

회진을 돌고 있었다. 아침부터 어디선가 생사의 경계를 넘나드는 급박함이 느껴졌다. 동료들이 굳은 얼굴로 작은 아기가 실린 신생아 수송 인큐베이터를 밀고 병실로 들어가고 있었다. 의사 두 명, 간호사 세 명, 호흡치료사 두 명이 심상치 않은 표정으로 아기를 바라보고 있었다. 혹시나 도움이 필요할까 싶어 따라 들어갔다.

얼굴은 납작하게 눌리고 팔다리는 초승달처럼 휜 신생아가 누워 있었다. 납작한 얼굴 위로 기도 삽관 튜브가 솟아 있다. 호흡치료사는 앰부백을 짜며 아기에게 끊임없이 숨을 불어 넣어주고 있었다. 간호사 한 명은 아기의 작은 가슴을 두 손으로 감싸 심장을 압박하고 있었다. 심장박동수, 산소포화도, 호흡률이 나와 있는 모니터에는 의미 있는 생체징후가 단 하나도 보이지 않았다. 생명의 기운이라고는 찾을 수 없는 아기였다.

병실 한쪽 구석에서 아기 아빠로 보이는 사람이 입을 틀어막은 채 흐느끼고 있었다. 가슴 압박으로 아기의 몸이 들썩이자 아빠는 무릎을 꿇고 알 수 없는 기도를 중얼거렸다. 아빠의 어깨가 아기보다 더 심하게 흔들리고 있었다. 누가 보더라도 꼭 들어주고 싶은 기도를 올리는 자의 모습이었다. 동료들은 흔들리지 않고 아직 말랑말랑한 탯줄을 소독했다. 날카로운 메스로 무거운 공기를 갈라 방금 전까지만 해도 아기의 생명 줄이었을 탯줄을 잘랐다. 그 안으로 낚싯줄같이 가느다란 관을 넣고 약과 수액을 아기의 몸으로 밀어 넣었다. 뛰는 심장을 더 빠르게, 뛰지 않는 심장은 다시 뛰게 할 수도 있는 약을 주입했다. 이미 멈춘 심장은 돌아오지 않았다. 아빠는 흐느낌을 넘어 오열하기에 이르렀다. 아빠의 간절한 마음을 알았다면 아기의 심장은 힘차게 뛰었을까.

　부모는 아기의 운명을 알고 있었다. 대부분 둘이나 있는 신장이 아기에겐 하나도 없었다. 20주 이후부터 자궁 안의 양수는 아기의 소변으로 채워진다. 아기의 신장이 소변을 만들어내지 못하면 양수가 부족해지고, 양수가 없으면 아기는 움직일 수 없다. 정상적인 폐 발달도 이루어지지 않는다. 그 결과 아기의 얼굴은 자궁벽에 붙어 납작해지고 팔다리도 활처럼 휜 채로 태어나는데, 이를 포터증후군이라고 한다. 무엇보다 자신의 힘으로 숨을 쉬어야 하는데 폐가 제기능을 못 하니 출생 후 예외 없이 죽는다. 태아일 때 보내줄 수도 있었으나 부모는 실낱같은 희망을 안고 아기를 품었다.

　세상으로 나온 아기는 예상대로 자가 호흡을 할 수 없었다. 엄마와 연결된 탯줄이 잘리자 아기의 생명은 금세 꺼졌다. 그러나 부모는 완강했다. 모든 수단을 써서라도 살려만 달라고 간청했다. 의료진이 숨을 불어 넣어도, 가슴을 아무리 눌러도 폐가 덜 자란 아기는 살 수 없다. 부모는 다시 완곡하게 부탁했다. 제발 조금만 더 시도해 보자고, 기적을 더 기다려보자고. 그래서 결국 분만실에서 끝내야 할 치료

가 연장되었다. 생명의 불이 꺼진 깜깜한 아기의 몸이 신생
아중환자실까지 실려 들어왔다.

　아기의 주치의가 아닌, 제삼자의 눈으로 죽음을 맞이하
는 아기를 본 것은 처음이었다. 무엇보다 심폐소생술에 열
중한 동료들을 바라만 보고 있었던 것도 최초였다. 조금 떨
어져 그 장면을 바라보니 이루 말할 수 없이 충격적이었다.
나는 주로 심폐소생술을 지휘하며 필요한 시술을 하는 역
할을 맡아왔다. 늘 급박한 상황을 진두지휘해야 하는 터라
다른 의료진들의 얼굴을 뒤덮은 고통과 슬픔, 이 자리를 피
하고 싶은 마음의 소리를 미처 헤아릴 겨를이 없었다.

　간호사와 호흡치료사는 의사의 지시에 따라 심폐소생
술을 진행했다. 급박하게 움직이는 손길과는 달리 진한 고
통이 얼굴에 묻어 있었다. 이미 죽은 아기를 붙잡고 숨을 불
어 넣고 심장이 뛰지 않는 가슴을 손가락으로 눌러대고 있
다니. 어느 누구도 겪지 않아야 할 치료가 아기에게, 그것도
내 동료들에 의해 행해지고 있었다. 그들을 가만히 지켜보
니, 심적 고통이 고스란히 전해져 왔다.

　다시 뛰지 않을 아기의 심장과 반대로 힘차게 움직이는

엄지손가락이 목적을 잃었을 때, 손끝에서 피는 희망이 자꾸 사라져갈 때, 차가워진 아기만큼 우리의 가슴도 차갑게 식는다. 차갑다 못해 얼어붙은 듯한 가슴이 유리처럼 부서진다. 아기를 치료하고 있지만 치료할 수 없어 안타까운 마음이 보였다. 그들의 마음을 더 깊이 들여다보고 싶은데, 자꾸 시야가 뿌옇게 흐려졌다. 어째서 이 아기의 생은 하루도 허락되지 않는 것인지 묻고 싶은데, 상대가 보이지 않았다.

한동안 심폐소생술이 계속되었다. 뒤에서 오열하는 아빠에게 다가가 의학적 죽음을 알린 동료 의사의 사망 선고로 기나긴 심폐소생술은 마무리됐다. 갓 나온 슬픔이 공기 중으로 흩어져 병실 안을 돌아다니다 맑게 가라앉았다. 바닥에서 몸부림을 치던 아빠를 안아 일으킨 건, 그에게 인생 최악이었을 시간을 함께한 간호사였다. 그의 위로로 아기 아빠의 울음소리가 아주 천천히 잦아들었다.

아기를
잃었다가 아닌

아기가
죽었다는 말

응급 제왕절개수술, 즉시 2번 수술실로.

삐삐삐삐 굉음을 내지르는 무선 호출기에 선명하게 찍힌 메시지를 보고 한달음에 내달렸다. 응급 상황에 엘리베이터는 사치다. 숨을 헉헉 몰아쉬며 두 계단씩 점프하듯 올라갔다. 아드레날린이 솟구쳐 힘든지도 모른 채 출입증을 팅겨 수술실 복도 문을 활짝 열었다. 산부인과에서도 응급 제왕수술이 생기면 가능한 한 모든 의료진을 동원한다. 이미 북적거리는 복도를 미끄러지듯 지나 거침없이 수술실로 들어갔다. 수술실에는 산모를 위한 산부인과 의사와 간호사, 마취과 의사, 그리고 태어날 아기를 위한 신생아중환자실 간호사와 호흡치료사가 바쁜 손길로 무거운 침묵을 간간이 깨고 있었다.

"산모 기도 삽관 했습니다. 시작하세요."

마취과 의사의 외침을 신호탄으로 산부인과 의사가 재빠르게 아기를 꺼냈다. 어찌나 손이 빠른지 우리 신생아분과 의료진이 필요한 준비를 마치기도 전에 아기가 고개를 내밀었다. 회벽같이 탁한 빛깔의 아기는 숨을 쉬지 않고 있었다. 의료진의 굳은 얼굴이 창백해졌다.

"탯줄 바로 자르세요! 아기 주세요!"

나의 다급한 목소리에 산부인과 의사가 서둘러 탯줄을 잘랐다. 피가 뚝뚝 떨어지는 탯줄을 뒤로하고 아기가 엄마에게서 뚝 떨어져 나와 우리 앞, 방사 보온기radiant warmer에 안착했다. 이제 우리 손에 달렸다. 아니, 냉정히 말하자면 내 손에 아기의 생명이 달렸다.

탯줄을 와락 움켜쥐었다. 심장박동수를 확인하기 위해서. 아무것도 느껴지지 않았다. 청진기를 댔다. 혹시나 내 누망처럼 심장이 아주 희미하게라도 뛰고 있을까 봐. 역시 아무엇도 들리지 않았다. 산소마스크를 씌우고 빵빵하게 공기를 채운 앰부백을 짰다. 입안의 분비물도 뽑아냈다. 간호사는 신속히 생체징후를 볼 수 있는 선들을 연결했다. 여전히 생명의 흔적이라고는 찾을 수 없었다. 나는 빛의 속도로 기도 삽관을 마쳐 돌아올 생각조차 하지 않는 심장을 뛰게 해야만 했다. 그래도 심장은 뛰지 않았다. 엄지손가락 두 개는 심장 위로 나머지 손가락으로는 작디작은 아기의 가슴을 감싸 흉부 압박을 시작했다. 소독제를 들이붓고 배꼽 아랫쪽을 끈으로 꼭 묶은 뒤 메스로 말랑말랑한 탯줄을 잘라 실 같은 관을 넣었다. 강심제와 수액을 연달아 집어넣었다. 시간은 속절없이 흐르고 아기의 시간도 흘러가는 강물처럼 쉬지 않고 흘렀다. 우리는 이미 떠내려간 아기를 잡지 못했다. 결코 돌아오지 않는 아기를 보내줄 차례가 되었다.

전신마취를 받은 엄마는 아직 깨어나지 않았다. 다행히 할머니가 밖에 있다고 했다. 할머니를 모시고 와 우리가 최선을 다하는 모습을 보여줘야 했다. 살아 있는 생명은 너무 분명해 증명할 필요조차 없다. 반면 죽음은 정확히 맞은 편에 서 있다. 죽음, 그 자체를 증명해야 했다. 다시 살아가야 할 가족을 위해서. 혹시라도 우리의 최선이, 우리의 노력이 작은 위로가 될 수도 있기에. 아기를 삶의 땅으로 데려올 수 있는 시간을 놓쳤다고, 우리가 온 힘을 쏟아 아무리 당겨도 흘러간 아기의 생이 돌아오지 않았다고 전했다. 할머니는 짐승 같은 소리를 내며 울부짖었다. 몇몇 산부인과 간호사는 차마 그 모습을 볼 수 없어 수술실을 나섰다. 수술실을 가득 채우고 벽을 지나 복도를 따라 흐르던 폭포 같은 소리도 엄마를 깨우지 못했다.

차마 그 고통을 상상할 수 없어 위로의 말을 건네야 할지 침묵을 지켜야 할지 고민했다. 그러다 더듬더듬 조의를 표하고 위로의 말을 건넸던 것 같다. 그래도 여기까지는 어떻게든 정신을 부여잡고 의사로서 역할을 할 수 있었다. 환자의 상태와 치료 과정을 설명하고 마지막 결과인 죽음을 전하며 의사로서의 역할은 거의 끝났다. 하지만 사람으로서 또 엄마로서 해야 하는 위로와 공감의 말은 쉽지 않았다. 특히나 미래에 대한 불안, 아기에 대한 걱정으로 눈을 감았던 산모에게 왜 혼자서 회복실에 덩그러니 누워 있게 된 건지 설명해야 하다니. 몽롱하고 어지럽고 혼란스러울 산모에게, 호르몬 때문에 감정의 폭풍이 몰아치는 엄마에게 나는 말해야만 했다.

아기가 죽었다고.

반드시 그 말을 써야 했다. '이겨내지 못했다didn't make it'
'아기를 잃었다lost'가 아닌 '죽었다died'라는 말을 꼭 써야 했
다. 그렇지 않으면 환자의 가족에겐 현실로 다가오지 않는
다. 미국 문화상 '죽었다died'는 말은 거의 쓰지 않는다. 그러
나 나는 제일 싫어하는 이 말을 써야 했다.

"아기가 죽었습니다."

얼이 빠진 산모에게 아니, 이제는 아기를 잃은 엄마에게
전했다. 우리는 최선을 다했다고. 아기가 죽은 지 꽤 시간이
지난 것 같다고. 그리고 마지막에는 다시 의사의 가운을 입
고 혹시 부검을 원하냐고 물었다. 부검이라는 말 한마디에
분위기는 싸늘해지고 나조차 얼음처럼 굳고 말았다. 같이
슬퍼하던 또 다른 엄마는 어디론가 사라지고 그저 한 명의
의사가 됐다. 같이 흘리던 눈물과 공감의 시간마저 허공으
로 사라졌다.

죽음이란

무엇인가

Time of death, 00:00(사망 시각, 00시 00분)

　짧은 말과 숫자로 누군가의 삶이 끝난다. 얼마나 아픈 말인가. '끝'이라는 말. 더구나 그 '끝'이 죽음을 의미한다면? 그것보다 끔찍한 일은 없다. 그렇다면 '죽음'이란 무엇인가? 의사에게 죽음이란 심장이 뛰지 않는다는 사실 하나뿐일까. 그렇지 않다. 이 단어는 단순히 심장박동 유무로 정의되지 않는다. 죽음이 불러오는 슬픔과 고통의 여파로 언제나 죽음은 힘겹다.

　몇 년 전, 사망 선고를 내리고 가족에게 위로의 말을 전했다. 가족만의 시간을 보낼 수 있도록 병실을 나섰다. 얼마 후, 가족이 어떤지 확인하고 혹시나 있을지 모를 질문에 답하려 다시 병실을 찾았다.

"아직 아기의 심장이 뛰고 있어요."

아기를 안고 있는 아기 아빠의 말에 내 심장이 멎는 줄 알았다. 아기의 상태가 너무 좋지 않아 기도 삽관을 하고 가능한 모든 치료를 시도했었다. 하지만 차도가 없어 무리한 연명치료는 더는 하지 않기로 선택한 가족이었다. 기도 삽관 튜브를 빼면 혼자서 숨을 쉬지 못하는 아기는 곧 죽는다. 그렇지만 짧게는 몇 분, 길게는 한 시간 넘게 심장이 뛴다. 그래서 몇 번이나 다시 돌아가 심장 청음을 2분 이상 한 끝에 사망 선고를 내렸다. 이런 경우, 사망 선고는 크게 의미가 없다. 그래도 의사로서 의학적인 죽음을 가족에게 알리고 차트와 사망 선고서에도 써야 한다. 그렇게 신중하게 사망 선고를 내렸는데 아직 심장이 뛰고 있다니. 눈앞이 깜깜했다.

차분히 다시 청진기를 아기 가슴에 올렸다. 혹시나 몰라 다른 청진기로도 확인했다. 심장은 뛰고 있지 않았다. 아빠 본인의 맥박을 느꼈는지 아니면 아기의 죽음을 받아들일 수 없었는지는 알 수 없다. 의학적으로 아기는 죽었다. 심장이 전혀 뛰지 않으니. 다시 죽음을 알리고 병실을 떠날 수밖에 없었다.

심장이 멎으면 죽는 것일까? 뇌가 전혀 기능을 하지 못하고 돌이킬 수 없는 상태에 있다면, 이를 죽음이라 말할 수 있을까? 내과에서는 뇌가 기능을 전혀 하지 않아 의식, 반응, 기본적인 반사 신경이 없는 상태로 자가 호흡이 불가능하면 의사가 사망 선고를 내리기도 한다. 뇌파 검사나 뇌 혈류량 측정을 뇌사 판정에 쓰는 경우도 있다. 신생아중환자실에 있는 많은 아기들이 인공호흡기를 통해 숨을 쉰다. 여러 이유로 심각하게 아픈 아기들은 부모가 보내주기로 결정하면, 인공호흡기를 제거한다. 자가 호흡이 가능하지만 인지 활동이 전무하거나 심히 고통스러운 삶이 예정되어 있다면, 부모의 선택으로 인공적인 영양 공급을 중단할 수도 있다. 결국 신생아중환자실에서는 심장이 멈춰야 사망 선고를 내릴 수 있다.

예전에는 마음이 가슴에 있다고 믿었다. 통상 마음과

가슴은 같은 의미로 쓰인다. 심장이 뛰는 가슴에 내 마음이 있다고 하지 않는가. 하나 감정과 생각 모두 뇌에서 나온다. 따라서 내가 나일 수 있는 이유는 오로지 내 뇌에 달렸다고 볼 수 있다. 뇌가 멈추면 나도 멈추고 나의 생도 멈추는 것이다. 따라서 나에게 죽음은 심장이 멈추고 안 멈추냐를 떠나 뇌가 정상적인 인지 활동을 멈추는 때를 의미한다. 죽음이란 심장의 움직임이 아닌, 유의미한 인지 활동이 끝나는 순간이다. 그럼에도 내가 사망 선고를 할 때는 오로지 아기의 심장 근육의 수축 유무로 판단해야 한다. 그 전후 상황이 어찌 되든, 아기의 뇌가 현재 정상적으로 기능을 하고 있고 앞으로 할 것이라는 예상과는 관계없이.

죽음의 정의는 한낱 인간이 내릴 수 없는 것이 아닐까. 삶과 죽음 사이에서 버티고 있는 현대 문명과 의학 기술로, 어찌 보면 이미 죽었을 생명을 살리고 있는 때도 많으니. 죽음은 간단히 설명할 수 없고 그 주변에는 너무도 많은 변수와 사회적, 감정적 결과가 있다. 결국 죽음은 딱 떨어지는 시점이 아니라 고유의 '과정'일지도 모르겠다. 분만실, 수술실, 신생아중환자실에서 만나는 아기의 탄생과 죽음이 너무 가까이 있어 가슴이 아릴 때가 있다. 생과 사가 딱 붙어 있는 장면을 자주 봐서인지, 그 중간 어디쯤에 서 있는 내 위치를 겸허히 깨닫게 된다. 살아 있는 것은 죽음으로부터 달아날 수 없다.

아기의 죽음 뒤, 매번 의료진을 모아 '침묵의 시간'을 보낸다. 잠시 아무 말도 하지 않고 조용히 눈을 감은 채 손을 모아 아기의 죽음을 애도한다. 아기의 짧았던 생을 기억하고 우리의 슬픔도 함께 묻는다. 가족이 애도의 과정을 잘 거칠 수 있기를, 아기도 평화롭게 하늘에서 쉬고 있기를 간절히 기도한다. 나의 기도만으로는 충분치 않은 것 같아, 병원에 있는 기도실과 종교실에 기도를 청하기도 한다. 더 많은 사람들의 기도로 아기와 가족에게 평화가 찾아오도록. 편안함에 이르도록.

아기가 떠나면 며칠 뒤 그리고 몇 주 뒤, 가족에게 꼭 연락한다. 의사로서 가족이 궁금해하는 의학적 질문에 답하기도 하지만, 무엇보다 같은 부모로서 그들의 마음을 살피기 위해서다. 아기를 만나고 돌봤던 누군가도 그를 기억하고 있다는 걸 전하기 위해서. 죽음은 생의 끝이 아니라 남겨진 이들의 애도로 완성되는 것이니.

모든 죽음은
나에게

가르침을
남긴다

말 그대로 아수라장이었다. 병원 천장 스피커를 찢을 듯 울려대는 '코드 화이트(소아 환자 응급 상황 발생)' 소리, 의료진의 질문과 소음이 한데 뒤섞였다. 전쟁 중이라도 이런 난리는 없으리라. 모니터는 생체징후 이상을 알리고 있었다. 작은 아기 몸 위로 간호사와 호흡치료사의 손길이 닥쳐오는 죽음과 맹렬히 싸우고 있었다. 한차례 소나기가 내린 후, 물비린내가 진동하는 것만 같았다.

아기는 결국 죽었다. 아기의 얼굴을 가만히 들여다보았다. 생의 퍼런 힘듦이 배다 못해 끝끝내 보랏빛 죽음이 스며

든 듯한 얼굴이었다. 아기 앞에 선 내가 보잘것없이 느껴졌다. 아픈 아기들을 정성과 최선으로 돌보고 있다고 생각했는데, 아기를 처음 만났을 때보다 조금 더 나은 상태로 다음 날 아침을 맞게 하는 의사라 자부해 왔는데, 어리석었다. 아침에는 미약하나마 뛰고 있었던 심장이 해가 지자 멎고 말았다. 죽음과의 싸움은 끝났다. 하나 나와의 싸움은 이어 가야 했다. 다른 치료로 아기의 생을 연장했을지도 모른다. 다시 차트를 뒤졌다. 내가 바꿀 수 있었던 게 있다면 찾고 배워야만 했다. 모든 죽음은 나에게 가르침을 남긴다. 그리고 어떤 죽음은 미래의 다른 죽음을 막을 수 있는 힘을 주기도 한다.

다시 그 병실로 돌아갔다. 병실에는 아기의 삶과 죽음 그 어느 쪽의 흔적도 남지 않았다. 그 누구도 들어온 적이 없던 것처럼 깨끗했다. 핏자국과 땀방울로 얼룩졌던 그 안의 시간들도 감쪽같이 사라졌다. 지나간 일을 기억해서 뭣 하나 싶으면서도 곱씹고 있었다. 처참했던 순간순간이 자꾸 생각나 눈을 질끈 감았다. 눈을 감아도 아기의 퉁퉁 부은 얼굴과 창백해진 피부와 움직이지 않는 가슴이 보였다.

병원에서 사라진 하얀 생명은 하늘로 솟아 별이 되는지도 모른다. 별이 남기고 간 흔적이 너무 진해 나는 거둘 수 없었다. 마음속 청소부가 절실히 필요했다.

마침 매일 보는 환경부(의료 기기 소독 및 병원 전반의 위생과 청결을 관리하는 부서) 직원이 병실로 들어온다. 그녀는 이미 다 치운 병실에 혹시라도 정리하지 못한 게 있을까 확인하러 들어온 것이리라. 눈물로 얼룩진 내 얼굴을 보고 가만히 안아주더니, 혼자만의 시간을 가질 수 있도록 병실 문을 꼭 닫고 나간다.

바닥에 떨어져 있는 온갖 물건과 쓰레기통마다 넘치는 싸움의 흔적을 치우면서 그녀는 무슨 생각을 했을까. 또 귀한 아기가 죽었구나 하며 마음 아파했겠지. 그녀가 죽음의 자취를 닦고 비움으로써 다른 삶이 들어와 이 병실을 채우고 병원 밖으로 나갈 수 있다. 환자가 퇴원할 때 가족들이 감사 카드를 남기곤 하는데, 환경부 직원의 이름은 늘 빠져 있다. 하지만 이들이 있기에 병실이 깨끗하고 안전하게 관리된다. 이들의 노고 없이는 입원과 퇴원이 불가능하며(가끔 퇴원한 병실이 정리되지 않아 입원이 늦어지기도 한다) 병원 내 감염 위험도 높아지기 때문이다.

무거운 몸을 이끌고 주차장으로 향했다. 주차장 바닥에 아름다운 빗살 무늬가 보였다. 얼마 전 바닥에 무릎을 꿇은 채 낯선 도구를 손에 쥐고 팔로 반원을 그리던 사람들 사이를 급히 지나친 기억이 떠올랐다. 그들이 남긴 흔적 같았다. 넓은 주차장 곳곳에 펼쳐진 빗살 무늬를 보니, 내 무릎도 아픈 것 같았다. 고개를 돌리자 새로 짓고 있는 클리닉 빌딩이 보였다. 안전모를 쓴 사람들이 분주히 각자의 역할을 해내고 있었다. 한 생명을 구하고 아픈 이를 치료하기 위해, 그 치료가 이뤄지는 시설을 만들고 관리하는 사람들은 얼마나 많은가. 환자들의 식사를 준비해 주는 사람, 의료 기구와 장비를 가져다주는 사람, 실험실에서 일하는 사람, 이 모든 것을 가능하게 지원해 주는 행정 직원…. 너무 많은 사람들의 수고로 이 병원이 존재하고 있다는 것을 뒤늦게 깨달아 부끄러움만 진해져 갔다.

새빨간
의료 폐기물 봉투에 든
아기 용품

새벽 두 시쯤이었다. 근처 작은 병원의 응급실에 생후 7일
된 아기가 있다는 전화를 받았다. 별일 아니겠거니 했지만,
펠로우는 뭔가 이상하다며 전원팀과 함께 가겠다고 했다.
나는 잠시 잠이 들었나 보다. 핸드폰 소리에 떠지지 않는 두
눈을 부릅뜨며 펠로우가 보낸 사진을 확인했다. 아기의 피
검사 결과가 반쯤 깨어 있던 나를 벌떡 일으켜 세웠다. 두
자리여야만 하는 간 수치가 네 자리였다. 이미 항생제를 투
약했지만 헤르페스가 의심되니 항바이러스제를 투약하자
고, 어서 돌아오라고 답문을 보냈다.

곧 걸려온 전화에선 펠로우의 다급한 목소리가 들렸다.

"아기 상태가 좋지 않아 기도 삽관 해야 할 것 같아요."

"혈압은 좀 어때요?"

"아직 괜찮긴 한데 낮은 편이에요."

"알았어요. 기도 확보하고 서둘러 와요. 기다리고 있을 게요."

급히 당직실을 나와 중환자실로 향했다. 준비하고 있던 수간호사와 담당 간호사들에게 필요한 약, 수액, 그리고 검사를 오더하고 인공호흡기도 설치했다.

곧 아기와 전원팀이 들이닥쳤다. 얼핏 봐도 아기는 움직임이 없고 혈색이 좋지 않았다. 헤르페스를 염려했으나 피부나 점막에는 수포나 궤양성 피부 이상이 없었다. 당장 필요한 제대정맥관과 제대동맥관을 넣었다. 필요한 피 검사, 수액과 약 투여를 마쳤다. 몇 시간 뒤, 헤르페스 검사 결과가 나오고 나의 의심은 확실한 진단으로 바뀌었다.

헤르페스는 어른이나 아이에게는 큰 병을 일으키지 않지만, 면역력이 낮은 신생아에게는 치사율이 80퍼센트에 이르는 죽음의 바이러스다. 이 아기도 그 확률을 비켜 가지 못하고 세상을 떠났다. 부모는 대리모 출산으로 어렵게 아기를 얻었다. 동양의 어느 나라에서 왔다는 그들은, 나흘 전 장장 여섯 시간을 운전해 대리모가 있는 캘리포니아 시골에서 아기를 데려왔다고 했다. 그 귀한 아기가 며칠 만에 부모의 눈앞에서 신기루처럼 사라졌다.

홀로 남아 병실을 바라보니 마치 썰물이 빠져나간 갯벌 같았다. 질펀한 펄의 진흙처럼 내 발을 붙드는 잔해만 나와 함께했다. 쓰다 남은 기저귀와 물티슈가 널려 있었다. 귀여운 트리케라톱스와 목이 긴 브라키오사우루스, 등이 뾰족한 스테고사우루스가 곳곳에 그려진 신생아 우주복이 창가 옆에 놓여 있었다. 파란색 겉싸개는 남자 아기를 기대했던 부모의 마음을 짐작케 했다. 아기 신발도, 아기 모자도 주인을 잃었다. 곧 새빨간 의료 폐기물 봉투로 들어갈 운명이었다.

시몬 드 보부아르Simone de Beauvoir는 어머니를 떠나보낸 경험을 바탕으로 자전 소설 『아주 편안한 죽음』을 썼다. 소설에는 어머니의 지인들에게 주기 위해 딸들이 어머니의 소지품을 정리하다 자잘한 물건에 불과한 골무, 가위 등을 보고 감정의 소용돌이에 휩싸이는 대목이 나온다. 주인공은 쓸모없는 것이 되어버린 물건들을 고아라고 표현했다. 아마 그 물건들에 자신을 투영했으리라. 동생이 어머니의 손목시계에서 끈을 떼려다 울기 시작하자 그냥 간직하라고 조언한다. 합리적인 영역에 속하지 않은 일에 직면해서 합리적으로 행동할 수는 없다며.

내가 만약 아기를 잃는다면 과연 어떤 선택을 할까. 시몬 드 보부아르처럼 아기 옷가지와 용품들을 주변에 나눌까. 아니면 짧지만 강렬한 아기의 삶이 응결되어 있는 물건들을 움켜잡고 놓지 않을까. 종국에는 너무 괴로워 아기를 상기시키는 모든 물건들을 버릴지도 모른다. 아버지가 돌아가신 뒤, 우리 가족은 사진만 남기고 대부분의 물건을 기증했다. 아버지가 즐겨 입던 반바지나 어버이날 선물했던 셔츠 하나쯤은 간직했더라면 어땠을까 하는 아쉬움이 남는다. 추억이 깃든 물건의 힘은 대단하니까.

한두 달 머물다 아이와 함께 자국으로 돌아갈 거라던 부모는, 이 낯선 나라에서 무엇을 움켜잡고 어떤 것을 내려놓은 채 이곳을 떠났을까? 아기와의 시간은 짧았지만 그 안에서 반짝였을 무수한 순간들을 떠올리게 해줄 물건 하나쯤은 가지고 돌아갔기를.

아픈
아기의

형과
누나

누가 봐도 두세 살짜리가 그린 그림이다. 삐뚤빼뚤한 선에 형체도 알아볼 수 없다. 피카소도 울고 갈 추상파 대가의 작품이랄까. 색깔 선택 또한 탁월하다. 진한 원색만 뽑아 멀리서도 눈에 확 들어온다. 인큐베이터 주변에 이런 그림이 여럿 붙어 있다. 아기의 형, 누나로 보이는 아이들 사진도 곳곳에 보인다. '팀, 사랑해'라고 쓴 종이가 팔랑댄다. 알파벳 대문자와 소문자가 뒤죽박죽이다. 영락없이 아이가 쓴 것이다. 사랑의 흔적으로 둘러싸인 인큐베이터는 800그램 남짓한 초미숙아, 팀의 보금자리다.

"어머님, 오늘 일찍 오셨네요."

"네, 선생님. 오늘 큰아이 생일이라 파티를 해야 해서 일찍 왔어요. 파티가 끝나면 남편이 와서 팀을 안을 거예요."

"오늘 정말 바쁘시겠네요. 에마한테 생일 축하한다고 전해주세요. 다들 잘 지내죠?"

"네, 너무 빨리 커서 아쉬울 지경이에요."

"맞아요. 우리 팀도 얼른 커서 집에 가야 하는데 말이죠."

"내년 생일 파티는 다 같이 하면 좋겠네요."

팀에게는 아직 어린 형과 누나가 있다. 엄마 아빠는 돌아가며 아이들과 시간을 보낸다. 조산기가 있어 병원에 입원한 엄마를 그리워하던 아이들은 낯선 인큐베이터에 누워 있는 동생을 보고 혼란스러워했다. 엄마 아빠가 아기에게만 집중하는 것 같아 질투하기도, 어린이집에서 말썽을 부리기도 했다. 나중에는 그랬던 자신들에게 더 화가 났다고 한다. 아기를 잠시나마 미워한 자신을 탓하고 혹시나 자기 때문에 아기가 아픈 건 아니냐고 물어 엄마 아빠를 울리기도 했다.

팀의 엄마 아빠는 아이들의 일상을 지켜주기 위해 최

선을 다했다. 아이들을 병원으로 자주 데리고 와 신생아중환자실에 입원한 아기의 형제자매들을 위한 프로그램에도 참여시켰다. 주로 아동 생활 전문가child life specialist가 이끄는 이 프로그램은 놀이, 미술, 오락 등으로 다채롭게 운영된다. 참여 아동이 초등학생이라면 교사 자격증이 있는 아동 생활 전문가가 학업을 돕기도 한다. 동생을 위해 그림도 그리고 편지도 쓰고 사진을 찍어 병실을 꾸민다. 동생 곁에서 이야기를 들려주거나 책을 읽어주라고 격려해 주기도 한다. 자원봉사자들은 부모가 아기를 돌보거나 상담에 집중할 수 있도록 아이들과 놀아준다. 힘들고 긴 병원 생활 중에도 온 가족이 작은 즐거움을 찾을 수 있도록 돕는다.

의사로서 아기가 여러 고비를 넘기고 잘 커서 집에 가면 좋겠다는 마음뿐이다. 그렇지 않다면 아기의 형제자매는 어떤 어린 시절을 보내게 될까. 초미숙아들은 대부분 적잖은 발달장애를 안고 큰다. 퇴원 뒤에도 외래 클리닉을 자주 방문해 적게는 서너 명의 의사를 많게는 열 명이 넘는 의사를 봐야 한다. 발달치료는 물론 물리치료, 작업치료, 좀 커서는 언어치료까지, 받아야 하는 치료와 횟수도 적지 않다. 엄마나 아빠가 아이를 전담해 돌보아야 하는 일도 벌어진다. 그러면 아이의 형제자매에게는 상대적으로 적은 시간과 관심이 갈 수밖에 없다.

2023년 한국에 문을 연 도토리하우스(넥슨어린이통합케어센터)는 소아 청소년 환자의 단기 돌봄을 도와주는 센터다. 이곳에서 전문 의료진이 24시간 아이를 돌봐주니 간병으로 고된 나날을 보내는 부모도 쉴 수 있고, 늘 부모의 관심이 고픈 자녀들 곁에서 시간을 보낼 수도 있다. 한편 미국뿐 아니라 한국에서도 발달장애 정도에 따라 또 의학적 필요에 따라 의료 전문가가 방문하는 가정간호가 이뤄지기도 한다.

발달장애를 포함해 중증 장애가 있는 아이의 형제자매에 대한 연구는 계속되고 있다. 심각한 장애를 가진 형제자매가 있는 사람은 개인적 성장뿐 아니라 사회적인 면에서도 눈에 띄는 성장을 보인다. 반면 전반적으로 불안한 양상을 보이기도 한다. 장애가 있는 형제자매를 창피해하거나 결혼과 가족 계획을 걱정하기도 한다.[28] 그럼에도 대다수는 장애가 있는 가족 구성원이 태어난 후 가족의 결속이 더 강화되었다고 느낀다. 다른 이에게도 한층 더 공감할 수 있게 된다.[29] 팀의 형과 누나도 찬란한 성장을 할 거라 굳게 믿는다. 또래보다 훨씬 더 책임감 있고 자애롭고 너그럽고 또 행복한 사람으로 자라나 팀을 계속 안으리라.

세상에서
가장

행복한
아이

카일과 처음 만난 순간을 지금도 생생히 기억한다. 눈에 띄는 골격과 얼굴. 한번이라도 카일을 봤다면 누구라도 그 모습을 나처럼 떠올릴 수 있을 것이다. 팔과 다리 윗부분이 유난히 짧고 굵어 있었다. 머리는 몸에 비해 큰 데다 이마가 불룩 두드러졌고 멀찍이 자리한 눈과 눈 사이는 콧대 없이 납작했다. 코와 입도 작았다. 작은 입안에는 기도 삽관 튜브가 불쑥 튀어나와 있었다.

여러 과와 협진이 꼭 필요했다. 유전자 검사는 이미 진행 중이었다. 여러 가지 유전적 문제가 의심되었기 때문이다. 중요한 것은 카일이 어떤 유전자 이상으로 무슨 병을 가지고 있느냐다. 비슷하게 보여도 종류에 따라 1, 2년 안에 죽는 질환이 있다. 병명에 따라 발달장애 정도도 판이하게 다르다. 검사 결과에 따라 가족에게도 아이에게 어떤 치료가 필요하고 어떤 미래가 기다릴지 알려줄 수 있다. 여러 가능성을 두고 상담을 계속했다. 몇 주가 지나 검사 결과가 나왔다.

다행히 살 수 없는 운명은 아니었다. 하나 카일은 혼자서 숨을 쉴 수도 먹을 수도 없었다. 그래서 목과 배에 구멍을 내서 인공적인 방법으로 산소와 영양을 넣어주어야 했다. 게다가 심각한 발달장애가 올 게 확실했다. 유전학과, 이비인후과, 신경과, 완화치료과 그리고 신생아분과 의사들이 모여 가족과 몇 주에 걸쳐 긴 상담을 이어갔다. 가족은 카일을 살리기를 원했다. 그 결정으로 바뀌게 될 가족의 삶까지 받아들인 것 같았다.

몇 번의 수술을 거쳐 카일은 집으로 갔다. 대부분의 의료진, 아니 나를 포함한 모든 의료진이 가족의 선택에 동의하지 않았다. 카일이 받아야 할 수술도 또 그에 따른 고통도 끝없이 예정되어 있었다. 고통이 따르더라도 밝은 미래가 있다면 이해할 수 있는 결정이라고 생각했다. 하지만 앞으로의 삶의 질도 너무 떨어져 보여 안타까운 마음뿐이었다.

몇 년이 지났다. 카일도 부쩍 자랐다. 목과 배에 들어찬 관으로 숨을 쉬고 먹었다. 목에 있는 관이 작아 큰 사이즈로 바꿔야 했고, 몇 차례의 수술과 감염으로 소아중환자실 입원도 자주 했다. 여러 난관에도 카일은 엄마 아빠에게 웃음을 주는 아이였다. 묻지는 못했다. 그때의 결정을 후회하느냐고. 물을 수도 물어서도 안 되는 질문이지만 묻지 않아도 알 수 있었다. 그들도 나처럼 부모로서 아이가 선물하는 '반짝이는 순간'을 자주 경험한다는 것을.

'네덜란드에 오신 걸 환영합니다Welcome to Holland'[30]는 다운증후군을 가진 아이의 엄마 에밀리 킹슬리Emily Kingsley 가 지은 시다. 장애가 있는 아이를 키우는 게 어떤지 묻는 사람들에게 건네는 따뜻한 말이다. 아름다운 울림이자 큰 깨달음이다. 일부를 발췌해 소개한다.

아기를 기다리는 건 이탈리아로 떠나는 환상적인 휴가를

계획하는 것과 비슷해요. 신나는 일이죠.

몇 달 동안 고대하던 날이 드디어 왔죠. 비행기가 도착했는데 '네덜란드에 오신 걸 환영합니다'라고 하네요.

"네덜란드요?! 그게 무슨 소리예요? 난 이탈리아에 가려고 했다고요! 이탈리아에 가는 게 평생 꿈이라고요."

당신은 네덜란드에 도착했고 거기 머물러야만 해요.

중요한 건 그들이 데려다준 곳이 구린 곳은 아니라는 거예요. 다를 뿐이지.

이탈리아보다 느리고 화려하진 않지만 풍차도 있고 튤립도 있어요.

사람들은 이탈리아를 오가며 자랑할 거예요.

하지만 이탈리아에 못 갔다고 슬퍼만 한다면 네덜란드의 아주 특별하고 사랑스러운 것들을 결코 즐길 수 없을 거예요.

한때 카일과 비슷한 상황에서 연명치료를 선택한 부모를 이해하지 못했다. 만약 내 아이라면 욕심을 내려놓고 편안하게 보내주는 것이 더 큰 사랑이라고 굳게 믿었다. 하지만 세상사가 그렇듯이 '절대적'이라는 것은 없다. 아이의 상황이 다르고 부모의 믿음이 다르다. 게다가 '삶의 질'이라는 것 과연 무슨 의미일까? 누가 결정해야 하는 것일까? 아니, 누가 감히 결정할 수 있을까? '어려운 삶'이라는 건 '보통의 삶'을 사는 우리가 정한 기준일지도 모른다.

+++

그럼에도 아무것도 모르는 아기에게 고통이 가해지는 것은 마음이 아픕니다. 본인의 의사를 알 수 없는 데다 그 고통의 끝과 결과를 알 수 없는 아기에게, 부모의 선택으로 오로지 숨만 쉬며 살아가게 하는 수술을 하는 건 옳지 않다고 생각해요. 하지만 그 고통 끝에 저리 행복한 아이와 부모가 있다면 어쩌면 저는 그른 판단을 계속 내렸던 건지도 모르겠습니다.

그래서 가끔 두렵습니다. 삶의 질을 내세우며 부모에게 아기를 보내주자고 한 우리가 수천 명의 카일을 놓친 우매한 자들인 것만 같아서요. 도대체 어떤 선택이 옳은지 저도 잘 모르겠습니다. 의사는 객관적인 사실과 예후로 부모의 결정을 돕는 역할만 해야 한다고 꽤 오랫동안 믿어왔습니다. 하지만 부모가 저의 개인적인 의견을 물으면 아기를 편안하게 보내주는 것을 권고한 적이 많았고요. 최근에 저희 가족에게 일어난 일을 계기로, 제가 그런 선택을 못 할 수도 있다는 것을 깨달았습니다. 앞으로 시간이 내어줄 더 많은 경험과 감정으로 제 생각이 또 바뀔 수도 있겠지요.

저에게는 무척이나 아프고 괴로웠던 경험이 다른 시각을 선사해 주어 새로운 상담 기술도 배우게 되었습니다. 미러링mirroring은 상대의 몸과 마음의 언어를 읽고 소통해서 그가 원하는 답을 거울처럼 반사해 주는 대화의 기술입니다. 아기가 많이 아파 부모가 아기를 보내주고 싶어 한다면 공감해 주고 동의하는 거울이 되는 겁니다. 다른 결정을 한다면 그 마음 또한 헤아려주고 찬성해 주는 것이 가장 마음 아플 부모를 보듬어주는 일이니까요. 이제는 어려운 상담을 할 때 의학적인 사실은 전하되 어떤 선택이든 부모의 의견을 전폭적으로 지지하고 있습니다. 결국 세상을 구하는 건 '공감'이니까요.

작가의 말

병원에서 아기를 잃을 때마다 힘들고 괴로웠다. 레지던트, 펠로우를 거쳐 교수가 되고 비슷한 경험을 반복해도 무뎌지지 않았다. 모든 죽음이 여전히 힘겨웠다. 두 아이의 엄마가 된 후에는 고통의 강도가 더 심해졌다. 집에 돌아와 영문을 모르는 아이들을 오래 끌어안았다. 쓰지 않으면 곧 죽을 것 같아 나의 감정과 병원 이야기를 쏟아내기도 했다. 다시는 병원으로 돌아갈 수 없을 것 같았던 순간, 무너진 나를 일으킨 건 '공감'이었다.

공감이 없었다면 지금 이 글을 쓰는 나도, 병원에서 일하는 나도, 무엇보다 살아 숨 쉬는 나도 없었을지 모른다. 공감의 힘으로 아기와 아기 가족을 병원에서 구하고 도왔다. 가끔은 지나친 공감으로 번아웃과 이차 트라우마에 시달렸다. 그럼에도 치유를 경험하고 다시 병원으로 돌아와 아기 가족을 보듬고 함께 울 수 있었던 원동력은 단 하나, '공감'이었다. 고개를 들어 주변을 보니 아기 곁에서 힘들어하는 가족에게 가장 필요한 것 역시 '공감'이었다.

스탠퍼드대학교 심리학과 교수 자밀 자키Jamil Zaki의 저서 『공감은 지능이다』에서 강한 영감을 받아 이 책을 쓰게 되었다. 그는 인류가 생존하는 이유로 서로를 돌보고 함께한다는 점을 꼽았다. 우리는 모두 정서적으로 연결되어 있다고 보았다. 나에서 우리가 되는 공감이야말로 나은 삶을 위한 '기술'이라고 주장했다. 첫째 아이가 신생아중환자실에 입원하게 된 경험을 나누며, 수년간 공감에 대한 연구를 해왔지만 그토록 깊은 공감을 받은 곳은 병원 안이었다고 고백했다. 아이가 퇴원한 뒤, 그는 신생아중환자실로 돌아가 초인적인 공감을 하는 의료진을 관찰하고 책을 썼다. 그가 심리학자의 시선으로 바라본 병원 이야기를 읽으면서 줄

곧 생각했다.

'나랑 똑같구나. 저 신생아중환자실 의사와 간호사도 나처럼 매번 울고 괴로워하는구나. 공감하느라 더 힘들구나. 그럼에도 다시 신생아중환자실로 돌아가는구나, 나처럼.'

나와 비슷한 사람이 존재한다는 것, 그들도 같은 일을 겪고 견뎌내고 또다시 나아간다는 것이 큰 위로가 되었다. 이 책이 독자들에게 그런 위로가 되었으면 좋겠다. 누군가를 잃고 슬퍼하고 아파하는 사람이 여기 함께 서 있다는 사실, 그 아픔으로 다른 사람의 아픔을 읽고 돕는 일상, 공감으로 우리 모두 나아질 수 있다는 믿음을 책에 담았다. 의료진도 환자와 가족을 자신의 가족처럼 여기고 치료한다는 점, 함께 기뻐하고 슬퍼한다는 점도 널리 퍼졌으면 좋겠다. 단단한 신뢰 속에서 더 많은 환자들의 몸과 마음이 치유될 수 있으니. 보통의 나날을 보내는 우리가 최악의 하루를 보내는 다른 이에게 손을 내미는 순간이 많아진다면 자키 교수가 말한 것처럼 공감이 넘치는, 훨씬 나은 세상이 될 것이다.

마지막으로, 책을 함께 빚어준 편집자에게 감사를 보낸다. 과분한 사랑과 지지를 끝없이 보내준 병원 안팎의 가족들이 있었기에 책의 시작과 끝이 가능했다. 부족한 글이지만 끝까지 읽어주시고 공감해 주신 독자분들께도 고개 숙여 깊은 고마움을 전한다. 한 분 한 분의 독자가 내게는 큰 감동임을 알아주시면 좋겠다. '병원 엄마'로 만난 수많은 내 '아기들'에게 책을 바치며 다시 한번 사랑을 고백하고 싶다. 사랑한다, 영원한 나의 아기들!

미주

1   Baldwin Jr, DeWitt C., and Steven R. Daugherty. "Sleep deprivation and fatigue in residency training: results of a national survey of first- and second-year residents." *Sleep* 27.2 (2004): 217-223.

2   Roskam, Isabelle, Marie-Emilie Raes, and Moïra Mikolajczak. "Exhausted parents: Development and preliminary validation of the parental burnout inventory." *Frontiers in psychology* 8 (2017): 163.

3   Broadway, Barbara, Susan Méndez, and Julie Moschion. *Behind closed doors: the surge in mental distress of parents*. Melbourne Institute: Applied Economic & Social Research, The University of Melbourne, 2020.

4   Kaplan, Jay. "The Burden of Burnout for Physicians." *ACEP Now*, 28 July 2016, www.acepnow.com/article/the-burden-of-burnout-for-

physicians/.

5   Bober, Ted, and Cheryl Regehr. "Strategies for reducing secondary or vicarious trauma: Do they work?." *Brief treatment and crisis intervention* 6.1 (2006): 1.

6   Qattea, Ibrahim, et al. "Survival of infants born at periviable gestation: The US national database." *The Lancet Regional Health–Americas* 14 (2022).

7   Campbell–Yeo, Marsha L., et al. "Understanding kangaroo care and its benefits to preterm infants." *Pediatric health, medicine and therapeutics* (2015): 15–32.

8   Caballero–Reynolds, Andrew. "Kangaroo care gets a major endorsement. Here's what it looks like in Ivory Coast" National Public Radio, 8 Jan. 2023, www.npr.org/sections/goatsandso da/2023/06/08/1181183428/kangaroo-care-gets-a-major-endorsement-heres-what-it-looks-like-in-ivory-coast

9   Neumann, Melanie, et al. "Empathy decline and its reasons: a systematic review of studies with medical students and residents." *Academic medicine* 86.8 (2011): 996–1009.

10   Neff, Kristin D., and Katie A. Dahm. "Self-compassion: What it is, what it does, and how it relates to mindfulness." *Handbook of mindfulness and self-regulation* (2015): 121–137.

11   Jeffrey, David. "Empathy, sympathy and compassion in healthcare: Is there a problem? Is there a difference? Does it matter?." *Journal of the Royal Society of Medicine* 109.12 (2016): 446–452.

12   Aytekin, Aynur, Fatma Yilmaz, and Sema Kuguoglu. "Burnout levels in neonatal intensive care nurses and its effects on their quality of

life." *Australian Journal of Advanced Nursing,* The 31.2 (2013): 39–47.

13   Back, Anthony L., Paul F. Deignan, and Patricia A. Potter. "Compassion, compassion fatigue, and burnout: key insights for oncology professionals." *American Society of Clinical Oncology Educational Book* 34.1 (2014): e454–e459.

14   Shakespeare–Finch, Jane E., et al. "The prevalence of post–traumatic growth in emergency ambulance personnel." *Traumatology* 9.1 (2003): 58–71.

15   Singer, Jean, and Rob Cross. "Network Impacts on Well–Being: A Review of The Research." *Connected Commons* 4 (2019): 1-11.

16   Ozbay, Fatih, et al. "Social support and resilience to stress: from neurobiology to clinical practice." *Psychiatry (edgmont)* 4.5 (2007): 35–40.

17   Jenkins, Richard, and Peter Elliott. "Stressors, burnout and social support: nurses in acute mental health settings." *Journal of advanced nursing* 48.6 (2004): 622–631.

18   Lofstrom, Magnus, et al. Racial disparities in law enforcement stops. San Francisco, CA: Public Policy Institute of California, 2021.

19   Hoyert, Donna L. "Maternal mortality rates in the United States, 2020." (2022).

20   Greenwood, Brad N., et al. "Physician–patient racial concordance and disparities in birthing mortality for newborns." *Proceedings of the National Academy of Sciences* 117.35 (2020): 21194–21200.

21   Felitti, Vincent J., et al. "Relationship of childhood abuse and household dysfunction to many of the leading causes of death in adults: The Adverse Childhood Experiences (ACE) Study." *American*

journal of preventive medicine 14.4 (1998): 245-258.

22 Turner, Terry. "49+ US Medical Bankruptcy Statistics for 2023." *RetireGuide.com*, 20 Oct 2023, https://www.retireguide.com/retirement-planning/risks/medical-bankruptcy-statistics/.

23 Christov-Moore, Leonardo, et al. "Empathy: Gender effects in brain and behavior." *Neuroscience & biobehavioral reviews* 46 (2014): 604-627.

24 Bailey, Phoebe E., et al. "Effects of age on emotion regulation, emotional empathy, and prosocial behavior." *The Journals of Gerontology: Series B* 75.4 (2020): 802-810.

25 Nunes, Paula, et al. "A study of empathy decline in students from five health disciplines during their first year of training." *Int J Med Educ* 2 (2011): 12-17.

26 Collier, Roger. "Professionalism: the importance of trust." *CMAJ* vol. 184,13 (2012): 1455-6.

27 Allinson, Maria, and Betty Chaar. "How to build and maintain trust with patients." *The Pharmaceutical Journal* 297.7895 (2016): 1-8.

28 Milevsky, Avidan, and Orly Singer. "Growing up alongside a sibling with a disability: A phenomenological examination of growth and deficiency in adulthood." *Research in Developmental Disabilities* 130 (2022): 104336.

29 Sandler, Allen G., and Lisa A. Mistretta. "Positive adaptation in parents of adults with disabilities." *Education and Training in Mental Retardation and Developmental Disabilities* (1998): 123-130.

30 Kingsley, Emily. "Welcome to Holland." 1987. *Emily Perl Kingsley*, https://www.emilyperlkingsley.com/welcome-to-holland. Accessed 5 March 2024.

나는 죽음 앞에 매번 우는 의사입니다

1판 1쇄 인쇄 | 2024년 5월 20일
1판 1쇄 발행 | 2024년 5월 30일

지은이 | 스텔라 황

발행인 | 김태웅
책임편집 | 엄초롱
디자인 | 형태와내용사이
마케팅 총괄 | 김철영
마케팅 | 서재욱, 오승수
온라인 마케팅 | 김도연
인터넷 관리 | 김상규
제 작 | 현대순
총 무 | 윤선미, 안서현, 지이슬
관 리 | 김훈희, 이국희, 김승훈, 최국호

발행처 | (주)동양북스
등 록 | 제2014-000055호
주 소 | 서울시 마포구 동교로22길 14 (04030)
구입 문의 | 전화 (02)337-1737 팩스 (02)334-6624
내용 문의 | 전화 (02)337-1739 이메일 dymg98@naver.com
네이버포스트 | post.naver.com/dymg98
인스타그램 | @shelter_dybook

ISBN 979-11-7210-035-3 03810